紀和奶奶的雞蛋

宇佐美牧子◎文　藤原宏子◎圖

紀和奶奶的雞蛋

目次

1 無聊的暑假，開始了！

「沒什麼事做哪～～」

我整個人貼住欄杆、雙手掛在扶手上，「鈴～鈴～」這時傳來了不知道是哪一戶鄰居家裡的風鈴聲，好像在回應我的心聲似的。

今天是暑假第一天，上午去學校游泳池游泳，不過，大家不是去暑假營隊，就是去補習班了，根本

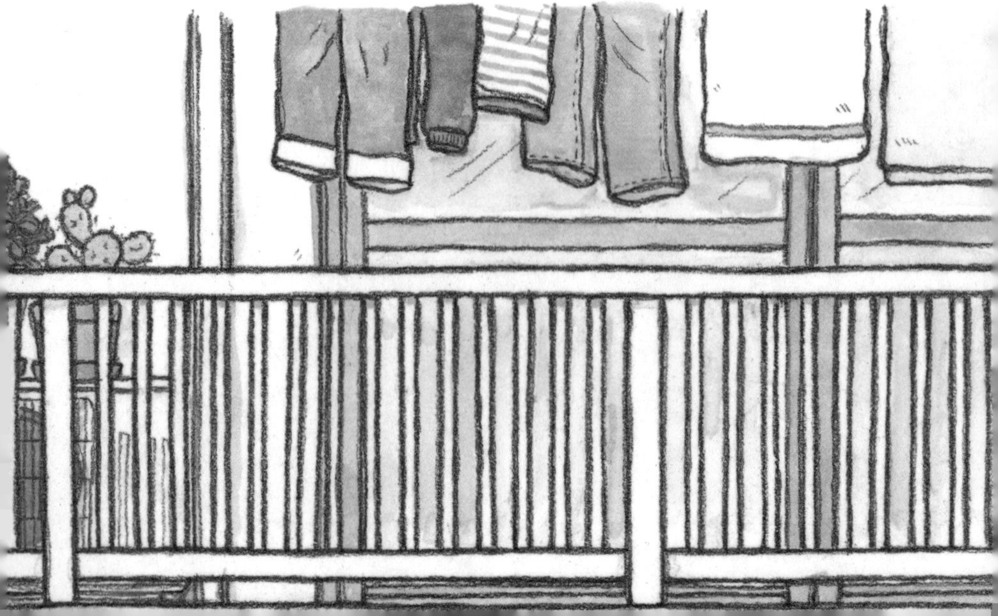

沒有朋友在學校。

「……早知道，那時候參加足球隊就好了！」

「小曦也一起來踢足球啊！」好友颯太熱情邀約了我好幾次。住在隔壁的颯太，昨天開始進足球隊練習了。

不過，自己好像也不是真的那麼想要踢足球。雖然心裡是喜歡足球的，可是還不到颯太那般喜愛啊……。

也因為這樣，去年暑假每天都還跟颯太一起玩耍、一起踢足球的我，現在就更顯得閒到發慌啊！

從五樓陽臺望出去，對面有一大片河堤。叩咚——叩咚——，電車從河堤前方疾駛而過。左手邊可以看到立花車站，這輛電車從這兒出發，一路奔馳到河原町。電車在夕陽下染成了一片橙紅色。

喀鏘！家中發出聲響。

「小曦，媽媽回來了！」

「啊！媽媽回來啦！」

我小跑步到大門口。

從媽媽手上接過保溫袋。袋子側邊寫著深藍色的字

——朝日便當店。

我們甘樂家在立花車站的站前商店街，開了一家便當店。

每天打烊後，爸爸都是過八點才回到家，而媽媽總在七點回家。傍晚的時候，媽媽會先送晚餐的便當給我吃，那天如果很忙，送了便當後，她會再回店裡一趟，有時間的話就會坐下來一起吃晚餐。

我將保溫袋拿去客廳，放在餐桌上。

「今天天氣真熱，去游泳消消暑氣，一定神清氣爽吧！」

媽媽從大門口進來，邊走邊對著我說，可能是因為看到鞋櫃上頭的游泳證了。

「嗯，是啊！」

我沒有說出口的是，我是一個人潛水，而且沒一會兒就回家了。

「夏天就是要游泳，對吧！媽媽以前可是每天都去游泳唷！」

「喔？那……那時候有拿全勤獎吧！」

我和颯太從一年級到三年級，連續三年都得到全勤獎。

媽媽笑呵呵的說：「那時候，應該大家都拿全勤獎呢！」

「哇嗚，大家都天天到啊？」

「以前那個年代，沒有像現在有那麼多才藝班啊！」

真好～那樣的話，游泳就會很好玩了。

心裡這麼想著，就喝了一口麥茶，不經意的看了看坐在椅子上的媽媽，我就沒說出口了。

「來，吃晚餐吧！」

媽媽把兩個便當盒放在餐桌上，打開蓋子。

菜色有馬鈴薯沙拉以及春捲，還有玉子燒。紅色、綠色、咖啡色、黃色，顏色搭配得真好。

「看起來好好吃唷！果真便當就是要色香味俱全！」

媽媽總是這麼說。不過，今天……

「便當不只要注意配色是否均衡。如果是非常適合當天的菜色，即使配色沒那麼好看也沒關係。」

媽媽臉上掛著笑容，看著窗外，好像回憶起過去某段時光。

「以前媽媽要高中聯考時，爸爸……嗯，就是你的外公，會做便當給媽媽帶去考場。便當的菜色只有白飯和鮭魚喔！不過，鮭魚這道菜色就是適合考試當天吃。」

外公做的便當嗎？

「啊，對，那時候外婆已經不在了。」

媽媽的媽媽，也就是我的外婆，在媽媽十歲的時候，生病去世了。

朝日便當店

從此以後，就都是媽媽自己料理三餐了。聽媽媽說，好像就是在那段料理三餐的過程中，決定未來的夢想就是開便當店。

「『鮭魚會大洄游回到出生地。你也好好加油！』，便當袋裡還裝著這封信。

那是因為媽媽要考的那所學校，就位在媽媽出生的那家醫院隔壁。你看，這個便當裝滿了外公溫暖的祝福吧？」

媽媽的眼睛閃爍著淚光。臉上表情看起來很欣喜雀躍的樣子。

每次聊到便當的話題，媽媽和爸爸的臉上都會像這樣特別閃耀著光芒。

可是，每當我看到那閃閃發光的神情，不知怎麼的，就像有一道涼颼颼的風吹過縫隙般，內心湧現出莫名的隔閡感。

「……嗯……」

媽媽都能了解外公在便當中悄悄放入的溫暖心意，卻一絲一毫都沒感受到我當下的心情。

我不自覺把伸出去想拿起筷子的手給縮了回來。

2 樂奇蛋

隔天，我也只好去游泳池了。果然沒有見到任何朋友。正當我漫無目的的走回社區附近，突然聽見腳踏車越來越近的聲音。

「小曦！剛從游泳池回來？」

「颯太！你剛踢完足球回來啊？」

腳踏車籃裡，裝著一顆足球。

「明天開始就要去營隊了。整整三天，會進行魔鬼訓練。我一定要把落後的進度追趕回來。」

颯太最後講的那句話鏗鏘有力。

颯太很早以前就很想加入足球隊。但是，一旦加入足球隊，爸媽就得輪流值班幫忙，因為颯太的妹妹佳菜有氣喘，是不能吸入運動場的細沙的，所以一直反對颯太加入。颯太這次好不容易終於如願進入足球隊。

「這個夏天，足球魂開始燃燒！」

颯太眉開眼笑的說著。

整個人神采飛揚！

和平常判若兩人，颯太的臉彷彿能將明亮的陽光反射回去般，閃閃發亮、光輝耀眼，我不自覺的垂下雙眼。

「這個夏天……」

在嘴裡輕聲吐出這句話來。

睡到一半想去洗手間，一大早就醒來了。枕頭邊的鬧鐘，上頭顯示才五點半而已。

半睜開著眼走到一半，就聽見客廳傳來聲響。

咦？

輕輕推開門看一下。

「喔？是小曦啊！」

爸爸很驚訝的說。

仔細一看，爸爸已經換好衣服了。

「要出門嗎？」

今天是便當店的公休日，媽媽說要試做便當新菜色，可是爸爸好像要出門。

「是啊！我要去看一下河原町那邊農家種的蔬菜。」

「咦？之前不是拜託爸爸下次要帶我去？」

我馬上噘起嘴來。

「是嗎？可是我記得上次有約你一起去，你不是說要去找颯太玩，那次就沒去啊！」

「那是放暑假之前的事情吧！」

放暑假後，我只去了游泳池，其他地方哪兒也沒去。

「那……這次小曦要一起去嗎？」

「嗯！」

我立刻換好衣服，一個大跨步跳進爸爸的車子裡。

我們沿著河堤邊的道路，一路開往河川上游。

「那就是風間山。我們要去找的農家就在風間山附近。」

過橋後，來到風間山山麓附近，再向右轉。車子繼續向前開沒多久，「應該就是這裡吧！」爸爸把車停在一棟四周環繞著木頭柵欄的大房子旁邊。

進大門後看到的庭院，就跟廣場一樣寬廣。眼前的平房，右手邊有間放置農耕機械器具的小屋，以及左手邊有座白色倉庫，每一棟都顯得相當巨大寬闊。

「早安～～」

爸爸朝屋內打招呼。

「早啊！」

有位伯伯走了出來，頭上戴著寬邊草帽，脖子上掛著一條毛巾。

「不好意思，一大早打擾了！」

爸爸彎腰行禮。

「就是有甘樂先生的熱情，讓我無法偷懶，我們家那小子老早就去田裡了

呢！」

伯伯說著說著就哈哈大笑起來。

從後院望去，映入眼簾的是跟學校操場一樣大小的一大片田地。

看到吸滿陽光香氣的各種蔬菜，爸爸整個眼睛都亮了起來，開心的四處走走看看，一回到庭院就跟伯伯聊起蔬菜話題。

我閒晃到大門口前的大馬路。圍牆從大門口的兩端一直延續到相當遠的地方。

「好寬闊喔！」

當我喃喃自語時，有一位大哥哥剛好騎腳踏車回來。

脖子上掛著一條毛巾，腳上穿著高筒種田鞋。一定是伯伯口中的那位兒子吧！

「真的很寬闊吧！」

他剛剛似乎有看到我環顧四周的模樣。

「這一大片全都是大哥哥你們家的嗎？」

「不是喔，我們這邊還住著幾家親戚。像隔壁就是我叔叔他們一家人，對面住著的親戚，是一位獨居的老奶奶。」

「原來如此！所以田地才會如此一望無際啊！」

我點了點頭，只見大哥哥輕輕搖了搖頭。

「田地主要是我們家和隔壁叔叔家負責耕種的。親戚老奶奶只是偶爾露一下臉。老奶奶一個人養雞，勉強可以維持生活。」

「雞？」

「對，養雞。嗯，主要是生產雞蛋。雞蛋的數量雖然不多，可是非常好吃喔！蛋黃口感有彈性，味道甘甜醇厚。老奶奶還私自命名為『樂奇蛋』哪！」

大哥哥瞇起雙眼陶醉著，似乎是想起了美味的雞蛋。

我想像著那滋味，忍不住「呼～」的輕聲嘆息，要是那美妙的滋味能在我口中散開的話……那該有多棒啊！

「嗯，在哪邊有販賣樂奇蛋呢？」

才問完，只見大哥哥一副有口難言的樣子。

「因為樂奇蛋數量稀少，大都只留給訂購的顧客，就連我也只能偶爾吃到樂奇蛋。之前有一次我跟老奶奶說：『給我一顆樂奇蛋嘛！』，沒想到就被她用竹掃帚給趕了出來。老奶奶還大聲喊：『不要隨隨便便就說你要樂奇蛋！』」。

大哥哥渾身打了個冷顫，就哈哈大笑起來。

「這樣啊……」

我縮了縮肩膀，將嘴裡湧現出來卻完全派不上用場的口水，一口吞了回去。

回程路上，爸爸看起來心情大好。

「冬天來臨時，農家說好會分一些新鮮白菜給我。當初打定主意直接來詢問農家，真的是問對人了！這個夏天，爸爸打算盡全力找出其他新鮮可口的蔬菜。」

爸爸的眼睛如夏日豔陽般閃耀著光芒，表情也比起往常來得更神采飛揚。

難以形容當下內心的感受，我轉過身來面向前方。

找尋新鮮蔬菜是爸爸這個夏天的目標；而颯太說過要全力以赴練習足球。

大家對於「這個夏天」早就定好目標了！

那我的「這個夏天」到底要做些什麼事呢？

過橋後，車子行駛到河堤上方的道路。

離我們越來越遠的風間山，依然如此翠綠明亮。

突然間，想起了大哥哥說過的話。

……樂奇蛋，如何？

就這麼辦！

「這個夏天」我一定要拿到樂奇蛋！

感覺眼前一亮，整個人豁然開朗。

3 與美人雞相遇

在大門口前，我踩了煞車，把腳踏車停下來後，用T恤的袖子擦拭額頭上的汗水。「比想像中還遠啊！」才沒一下下，又冒出大顆大顆的汗水。

從農家回來的隔天，我一個人來到販售樂奇蛋的老奶奶家。

即使一路上都在擔心是否能夠到達目的地，也有遇到不知該如何是好的時候，可是我已經受不了一個人待在家裡了，所以一吃完午餐，就跨上腳踏車出發。

開車只要十五分鐘左右的車程，換騎腳踏車卻要花上不只一個小時。

「平安到達，真是太好了！」

下腳踏車後，安心的喘口氣休息一下，一邊慢慢環視四周。

大門口裡頭，正面是一棟平房，右手邊是放置農耕機械器具的小屋，左手邊是一大片延伸到隔壁人家的寬廣田地。

「咯、咯咯……」的確裡頭傳來了雞叫聲。

「嗯，是這裡準沒錯了。」

點了點頭，心想沒問題了，手貼著撲通撲通跳的胸口，我大大的吸了一口氣。

「請問有人在家嗎？」

「……」

這棟房子裡的每扇窗戶都開著。

「您好！」

我抬高聲量再次詢問。

「啊！你好！」

突然，從側面鑽出了一張臉孔。

「哇啊～～～」，我嚇得跳得老高，轉頭一看，身旁站著一位老奶奶。看起來好像有事情外出一會兒，剛剛才

回到家的樣子。

從頭巾下方，露出一道銳利有神的目光。

「我、我的名字叫作甘樂曦。」

「甘……樂？」

「是的，昨天，我和爸爸有來這裡拜訪，我們到對面的隔壁那戶人家看他們種植的新鮮蔬菜。嗯，那個……我們家是開便當店的……」

一看到老奶奶銳利的眼神，我就支支吾吾的說不出話來。

「聽說這裡的樂奇蛋非常美味，嗯，想請教您，是否可以分幾顆樂奇蛋給我呢？」

我努力把話說完。

「喔～便當店啊！是全家人一起幫忙的嗎？」

老奶奶眨了眨眼。

「對！」我點點頭。

「那應該蠻辛苦累人的吧！」

老奶奶四處張望，好像在確認我是不是獨自一個人來到這裡。

「還好……」

我默默把視線移到腳下。

出發來這裡之前，我特別繞到朝日便當店。經過店門口時，看到爸爸正開心的跟客人聊天，根本沒注意到我。

「不會啊，還好，沒有感覺特別辛苦。我爸媽看起來做得很快樂的樣子……」

「啊！不是，我說的是你應該蠻辛苦的吧！」

「咦？」

我一抬起頭，看到老奶奶目不轉睛的從頭到腳盯著我看。最後視線向下停留在我臉上，若有所思後說道：

「購買樂奇蛋的顧客大都固定不變了。而且我們也沒有足夠數量能提供給便當店使用！」

「啊，沒關係。能有一顆就太好了。不是便當店要用，單純是我自己想吃而已。」

我急忙回答。

「啊～」老奶奶點點頭，聲調也顯得輕快許多。

也許會分給我也說不定吔！

我在心中默默期待著。

沒想到，「可是啊……」老奶奶這次卻煞有其事的喃喃自語起來。

「拜託拜託，可否考慮一下？嗯，我什麼事都願意幫忙。」

我都特地騎那麼遠的路來了。

還差這最後一步，我向前跨出一大步。

老奶奶終於對我說：

「那……就請你來當小幫手。來，請進吧！」

吔！當小幫手，就會給我樂奇蛋吧？

我鬆了一口氣，緊緊跟在老奶奶後面。

老奶奶走到田裡時突然停下腳步，拿了一個籃子給我。

「今天還真腰痠背痛的。」

只見老奶奶邊說邊蹲下來拔草，再把雜草放在籃子裡。

「籃子滿了，再來告訴我。」

才說完，就馬上走進屋裡了。

和風煦煦，田裡的蔬菜也隨風搖曳。

「要我拔草啊～」

好吧！為了樂奇蛋，拚了！

我站在田埂間，慢慢拔起雜草來。

正當手伸向小草時，發現有蟲在地上爬。

……好噁心啊！

抓起一把雜草後再拉起來。

「唉呀！」

草比想像中更容易斷

掉，一個不小心就一屁股摔坐在地上了。

「啊～」爬起來後，拍拍屁股上的土，整個人汗流浹背。

總算裝滿整個籃子了。

「辛苦了！辛苦了！」老奶奶輕輕捶著腰走過來告訴我：「接下來是這裡喔！」說完又轉身往玄關的方向走去。

「咦？下一個地方？」

玄關是一片水泥地面，進門前的平臺上放著一個塑膠籃子，裡頭裝滿了茄子。

「幫忙把這些茄子裝袋。對了，每袋裝五根茄子。」

只見老奶奶很俐落的把茄子裝入袋子裡。

啊，還有？

這句話差點脫口而出。

不過，是我自己說願意幫忙任何事情的。

話都到嘴邊了，只好又吞進肚子裡。我抓起一根茄子，正要放入袋子時，一個不小心，竟然掉到地上了。

「裝袋要仔細一點！」

老奶奶立刻丟來這句話。

「好……好的！」

我縮了縮肩膀，這次非常小心謹慎的裝入袋子裡。

隔著塑膠袋，看到裡頭閃耀著紫色的光芒。

……跟媽媽的戒指同一個顏色吔！

外婆留給媽媽的遺物是一枚戒指，上頭也鑲著一樣的紫色。

「如果外婆還在世，一定會很疼愛小曦的。」

每次媽媽看著戒指都會說這句話。

或許是這樣，只要是奶奶或外婆，在我心中都是一個溫柔的象徵。

可是……這位老奶奶也許大不同吧……

不但指使我做事，還會快速瞥看我一眼。

每次眼光飄過來，我就會加快動作。

終於，茄子都裝好了，說不定待會又要叫我幫忙其他事情了，想到就渾身發抖。

「那……要去雞舍看看嗎？」

老奶奶一副好像提不起勁般，輕描淡寫的說完這句，就帶我往屋內走去。

終於輪到樂奇蛋啦！

我一路蹦蹦跳跳來到雞舍，眼前的光景讓我眼睛為之一亮。

「哇啊！太棒了……」

傳來一陣陣熱鬧的雞鳴聲。

大概有五十隻雞左右吧！是一棟有屋頂的雞舍，有用鐵絲網圍成的柵欄，整個環繞著雞舍與四周的平地，而這群雞就在裡頭跑來跑去。

對了，來找樂奇蛋。

我急忙仔細盯著雞隻們的腳下。可是，每隻雞不是蹦蹦跳、就是展翅飛起，大家都亂竄亂動，一刻也不停歇，完全找不到樂奇蛋的蹤影。

這時候，老奶奶對我說：

「剛剛已經先把蛋都撿起來啦！」

說了一句「你瞧！」並指向屋裡。

屋裡的窗戶全都開著，擺放著好多用來裝蛋的盒子。在更裡頭，有一臺大型電冰箱，樂奇蛋好像都冰在裡頭的樣子。

原來如此，那雞舍裡就沒有雞蛋了吧？

「呼——」我吐了一口氣，再次環視了整座雞舍。

有屋頂覆蓋的雞舍裡，排列著好多看起來很像鞋盒的箱子。在那箱子的空間裡，有不少隻雞在裡頭休息。不過，大部分的雞都忙著拍打咖啡色翅膀，到處亂跑。

有相互追來追去的雞、也有好像在跳舞的雞……

「看來，大家玩得蠻開心的樣子！」

才小小嘀咕了一下，老奶奶便突然轉向我：

「對啊！我們家的雞，每天都過得可快樂呢！所以才會生出如此美味可口的雞蛋啊！」

老奶奶帶著微笑補充了這句話。

「只要有樂奇蛋，任何料理方式都會變得很好吃喔。在我們家，每次必點的就是玉子燒。」

用樂奇蛋煮出來的玉子燒啊！

光想像就讓我垂涎欲滴。

一定要吃到那道「樂奇蛋玉子燒」。

「我會盡全力幫忙的，老奶奶，樂奇蛋就拜託您了！」

「嗯！」

老奶奶一副一切都交給我的表情，對著我點了點頭，緊接著又帶著「只不過……」的微妙表情。

「要幫忙到我們能夠體會到你的用心唷，辦得到嗎？」

「我們？」

指的是老奶奶和誰呢？

我歪著頭想不通，老奶奶抿嘴一笑，就踏出雞舍。才邁出一步，「對了！」老奶奶似乎突然想起什麼事情，再次轉身看我。

「我的名字不是老奶奶，以後請稱呼我紀和奶奶。」

「是！」

我大聲回答。

首先，先幫忙把立在雞舍四周的竹簾子都換成新的。

老舊的竹簾都斑駁掉屑了。

接下來，用鐵絲網補好雞舍柵欄上的破洞。鐵絲網柵欄已經相當老舊，一個不小心就容易有破洞。

「不久前，有一隻雞就被貓襲擊了。」

紀和奶奶皺著眉頭，彷彿不能遺漏掉任何微小的破洞般，上下仔細的檢查。

沒想到鐵絲網還蠻硬的，想要折出彎度卻失敗了，手還不小心擦傷了。即使如此，我還是想辦法做完。

「再來是打掃雞舍喔！」一說完就遞給我一把竹掃帚。

拿著竹掃帚的紀和奶奶，先走進雞舍。我也踮著腳尖靜靜的走進雞舍。

那些雞會不會跑過來啄我啊……

每隻雞看起來對我好像愛理不理的樣子。

我下定決心，一腳踏入雞舍裡，隨手關上雞舍的門。

我踮起腳，同時揮動著手上的竹掃帚。

頓時塵土飛揚。

這時候，那些雞隻開始咯咯叫起來，我嚇得急忙躲開。然後又換另外一群雞開始咯咯叫。

好多雙小小的眼睛，同時目光炯炯的盯著我看。

雞的眼睛，眼神銳利，讓人不寒而慄，我緊握著竹掃帚不敢放手。

紀和奶奶絲毫沒有察覺我正面臨危急狀況，只是默默的打掃著。雞隻們也圍繞在紀和奶奶身邊，安心的跳來跳去。

明明我只是揮動竹掃帚，雞隻們卻會躁動不安！

當我嘟著嘴、向下看著竹掃帚時，發現有一隻雞站在腳邊。

這隻雞的體型比其他的雞都來得嬌小，毛色也偏紅。

這隻雞，儘管我揮動竹掃帚，也沒有打算跑開，只是靜靜待在我身旁。

讓我感到有點開心。

「對了！為牠取個名字吧！」

趁紀和奶奶去拿畚箕，我瞧了瞧這隻雞的臉。

眼睛圓滾滾又水汪汪，脖子細又長。

「牠一定是雞界裡面的美人啊！美人等級的雞……美雞？美人雞？決定了，就稱做『美人雞』！」

美人雞輕盈的蹦蹦跳，咯咯的叫著。

「辛苦你了！」紀和奶奶對我說這句話時，已經接近傍晚了。

「夏天，幾乎天天都這麼忙碌呢！」只見紀和奶奶輕輕的在腰上捶著，轉動脖子時喀喀作響。

番茄苗隨風輕擺、搖曳。

不知怎麼的，內心感覺有點寂寞。

「真好，每天都過得很充實……」

當我小小聲喃喃自語時，紀和奶奶似乎瞥了我一眼。

用井水洗完手之後，就和紀和奶奶肩並肩坐在緣廊上。

「這就當車馬費，來！嚐看看。」

從裝著水的水桶中，紀和奶奶拿起一樣小東西，原來是小黃瓜啊！新鮮翠綠！

我一握住小黃瓜，瞬間，「好痛！」

我趕緊鬆開手。

仔細看才知道小黃瓜的表面長了許多小刺，摸起來有一點刺刺的感覺。

「原來是有小刺才會刺刺痛痛的。」

「稍微注意一下就好，吃吃看！」

聽到紀和奶奶吃小黃瓜「喀滋喀滋」的輕脆聲。

我小心翼翼的拿起小黃瓜後，大大咬一口。

「嗯～」

喀滋！

一開始清脆有嚼勁，之後就有如碳酸飲料「咻哇」的口感，嘴裡滿是脆甜多汁的小黃瓜。

喀滋、喀滋，每咀嚼一次，都可以品嚐到小黃瓜富含的飽滿水分。

紀和奶奶專心吃著小黃瓜，臉上浮起滿足的微笑。

「我們家種的蔬菜是珍品吧！用愉快的心情就能種出元氣蔬菜，味道自然就很美味可口！」

接著，紀和奶奶一口吞下玻璃杯裡的生蛋。

「人間美味啊～」

原本已滿布皺紋的臉，又添加了幾條皺紋。

看來，樂奇蛋果真格外美味啊！

「那個……我也可以……」

當我把手伸向玻璃杯時，「啪嗒」手背被拍打了一下。

「想吃，還早一百年咧！今天的車馬費是美味小黃瓜。至於樂奇蛋，還要再加把勁呢！」

「咦——！」

「明天見嘍，等你來唷！」

紀和奶奶面帶笑容說著。

回家路上，每踩一次腳踏車踏板，整個熱氣就會往上衝一

次。

河堤上的下坡路盡頭，那棟蓋在立花車站前面的細長型大廈，早已成一道細細長長的影子。

「我一個人，竟然可以跑來這麼遠的地方啊！」

不只聲音，內心深處也大大喘了一口氣。

紀和奶奶的事情就先暫時當作我的祕密。

這麼一想，內心就雀躍不已。

4 哼哼唱唱好拔草

隔天，為了能九點準時到達紀和奶奶家，早早就出門了。

「啊！你來啦！今天也要盡全力幫忙喔！」

紀和奶奶臉上掛著一抹微笑對我說：「先拔雜草。」同時也拿一個籃子給我。

今天輪到茄子那裡的田埂。

當我正想一把抓住雜草前端時，就聽到紀和奶奶說：

「要從根部拔，不然很快又會長出雜草來。」

今天紀和奶奶在隔壁田埂和我一起拔草。

「手要放在草的根部，再拔起來。」

紀和奶奶親自示範給我看，把手指按進土裡後一拔，就連根拔起了！

「試試看！」

「……好！」

紀和奶奶一直看著我，我就不好意思說自己討厭田裡的小蟲子了。

無可奈何之下，只好把手指按進土裡。沒想到，泥土比想像中還要鬆軟。

「先用大拇指和食指捏住，再加上中指一起施力。」

我按照紀和奶奶教的方式來拔草，咖啡色的根部馬上露出來。泥土從雜草根部「啪啦啪啦」掉落下來的樣子，讓我看到入迷。

哼——哼哼，哼——哼——哼〜〜〜

聽到紀和奶奶在哼唱著歌。

這個旋律……好熟悉喔。是哪首歌呢？

我模仿那個節奏，才一下子，就拔完草了。

「再來就拜託你幫忙打掃雞舍嘍！」

我拿起竹掃帚，就跟著紀和奶奶一起進入雞舍。

我踮著腳靜悄悄的走，一邊找尋美人雞，可是都找不著。

今天，我用輕撫著地面般的力道掃地。

太好了！大家都沒有暴躁不安。

果然，昨天不應該掃地掃到整個沙塵滿天飛。

當我動作俐落的輕輕揮動竹掃帚時，突然有一隻嬌小的雞靠過來。

啊！是美人雞。

美人雞左搖右晃、活蹦亂跳，很努力的跟著我走來走去，看到這個情景真的感到蠻開心的。

回家路上，我繞道去朝日便當店。

今天中午，要送便當去兩個地方，還有正平先生預約的便當訂單。

正平先生因為太太過世，很早就開始獨自一個人生活，買便當方便多了，所以一直是我們家便當店的老主顧。今天好像會有客人來拜訪正平先生，午餐便當再加上拿來當作伴手禮贈送的便當，總共訂購了五個便當。

店裡也因此忙碌起來，爸爸要我來幫忙一下。

一開始，我回說：「有一點事情要忙，去不了。」

於是爸爸雙手合十拜託我：「中午最忙碌的時候，來幫忙就好。」

其實，我並不討厭爸爸的請託，而且我要去忙的事情也讓我感到洋洋得意。

「嗯，如果只有中午就可以。」

我一臉沒辦法只好幫忙的表情，輕輕點了點頭。

我到店裡時，已經快接近十一點半了。

爸爸把要宅配的便當都放上車就出發了，媽媽著手完成正平先生預約便當的最後擺盤。正平先生約好十二點半來拿便當。媽媽快速切好紅白魚板，動作敏捷的雕刻出圖案。

「便當應該不需要雕刻圖案啊！」

我悄悄的看了便當菜色一眼，*筑前煮這道菜裡頭的紅蘿蔔都有雕刻成花朵形狀。

（編注：這是日本九州福岡一帶的鄉土家常料理，把當季蔬菜等食材先炒過，再加入調味料、雞肉等一起熬煮。）

「這是我們對待客人的小小心意。」

媽媽滿臉笑容。

我看著豪華便當看到入迷，微微發出了讚嘆聲。

一到十二點，店裡馬上就人山人海。我幫忙接訂單，媽媽把裝好的便當交給客人。

終於可以稍稍喘一口氣時，媽媽回頭看了看後面廚房。

廚房內部一‧五坪大小的平臺上，放著正平先生預約的便當。

「對了，正平先生怎麼那麼晚還沒來？」

已經一點了。

就在這時候，便當店的玻璃門「嘎啦嘎啦」打開了。

「啊！是正平先生哪！我們正在等您來呢！」

正巧爸爸也剛好回到店裡來。

正平先生嘆了一口氣，帶著擔心的口吻說客人突然身體不舒服，所以今天來不了。爸爸思考了一會兒，微微點了點頭說：「您無須擔心
肯定在短時間內
恢復健康喔」

五、七、五共十七個字音，是日本俳句的韻律。這是正平先生風格的俳句。

正平先生有加入俳句聚會，有時候會跟我們分享他的

俳句作品。

俳句是需要醞釀出季節感的「季語」，正平先生認為不需要太拘泥於規定，將心中感受朗讀出來就好。

「是啊，沒錯！」正平先生喃喃自語後，才慢慢恢復了往常的神情。

媽媽一個人拿不動五個便當，就讓我拿其中兩個。正平先生滿臉歉意的低著頭，踏出便當店回家去了。

「那五個便當該怎麼處理呢？我們的菜色很豪華呢！」

我一直盯著那些多出來的便當。

便當是不能儲存的。只要有剩，就是浪費。因此，平常爸媽一直很注意，盡量不要發生賣剩下或者賣不夠的情形。

「我們店會損失嗎？」

「不需要太擔心。」

爸爸拍了拍我的背。

「所謂的買賣，賺錢賠錢並非代表全部。最重要的是人與人之間的連結。不要只局限在眼前的狀況，要想得更長、更久遠啊！」

媽媽也靜靜的點點頭。

怎麼聽著聽著，感覺好像是我說錯話了，明明我只是擔心朝日便當店而已。

豪華便當後來變成我們的午餐，我用筷子把魚板切成一小塊一小塊來吃。

傍晚，我一個人離開便當店。外頭空氣悶悶的，感覺熱到有點呼吸困難。在社區的腳踏車停車場，碰巧遇見颯太。

「從營隊回來了喔！」

「剛剛在學校解散的。媽媽們可能還要聊很久，我就先回來了。」

颯太的臉晒得好黑。

「晒黑了吔！」

「對啊！足球隊的其他隊員晒得更黑呢！」

颯太意氣風發的微笑著。好像完全變成另一個人。我頭低低的看著地上。

但是，颯太接下來說的話，讓我開心的抬起臉來。

「等一下，要不要去祕密基地？」

「好吔！好久沒去了！」

我和颯太的祕密基地，位在腳踏車停車場旁邊種的那片栲樹林後面。栲樹林和用來隔開鄰近森林的那道柵欄之間，剛好有一小塊空地。從社區那一側看過來，視線被樹影遮蔽，看不到裡面這塊祕密基地。

「要先趕一下蚊蟲才行。」

「我也一起去拿冰棒來。」

我們一同跑上社區的樓梯。

回來後，我們東張西望，趁沒人看到，一溜煙的鑽進栲樹林裡。

一坐在地上，我馬上啃起冰棒。

可是，颯太把冰棒放在一旁，開始聊起天來。

「我成為中場球員了，現在正努力練習接控球。」

「……接控球？」

話裡出現聽不懂的名詞，雖然有回問颯太，可是他說得很起勁，似乎沒聽到的樣子。

「接到隊友傳球過來後，我再把球傳給前鋒隊友。很帥氣吧！」

颯太用力拍了拍自己的胸膛。

這些事情對颯太來說，好像都很理所當然的樣子。颯太，真的變了。

我大口吞下口水。

暖暖的風，徐徐吹來，颯太的冰棒表面浮出了一顆顆水珠，開始融化了。

可是，颯太說得很起勁，根本沒注意到。

「這個星期六，我們有比賽。這場比賽，我第一次出場喔！我爸說他有工作無法參加，就拜託我媽幫忙錄影回去嘍。」

「……踢足球，真忙啊！」

我舔了一口快要融化的冰棒。

卻聽到颯太搖搖頭說：「不會啊！」

「每天都要練習，可是並不是一整天都在練習呀！明天也只練習一個上午而已。」

講完後，颯太終於舔了一口冰棒，望向我這邊。

「下午的話，就可以一起去玩啊！」

我不知怎麼了。

跟颯太一起玩是多麼令人開心的事，可是我卻一點也提不起勁。明明很高興，卻高興不起來。

「啊！你有事要忙嗎？」

「嗯……是啊……」

我張大嘴巴咬了一口冰棒。

口中充滿檸檬汽水的味道。

是我最喜愛的口味，可是我幾乎沒有心情品嚐，只是一口接一口的吞下去。

「哼——哼哼，哼——哼——哼～～」泡澡時，不知不覺開始哼起今天白天聽到紀和奶奶哼唱的旋律。

我一定在哪兒聽過這個旋律。

這時候……

「西瓜的盛產地喲～～」

同樣旋律的歌聲也隨即傳來。

「咦？爸爸，你知道這首歌？」

我想都沒想就從浴缸裡站了起來。

爸爸哼起這首歌的旋律時，也開始洗澡。

「你小時候常常聽的那張童謠光碟裡，就有收錄這首歌啊！歌曲名稱就是〈西瓜的盛產地〉。」

「原來如此！難怪總覺得在哪兒聽過這個旋律。」

小時候，媽媽常常放童謠光碟給我聽。也因此，有很多首歌都能憑記憶唱出來。爸爸一邊用力刷洗身體，一邊繼續唱〈西瓜的盛產地〉。

斷斷續續回想起來的歌詞，哼哼唱唱的過程中，腦中浮現出小時候跟爸爸媽媽一起玩耍的情景。

用積木堆成小車子、用積木堆好一座城堡後，又全部推倒……。

爸爸在唱第二段和第三段歌詞中間空檔時，還告訴我風間山的另一邊就是西瓜產地。

爸爸也「唰！」的進到浴缸裡，在我旁邊一起泡澡。

「那——個——好——地方喲～～」

有點走音的歌聲環繞了整間浴室。

「那美麗的女孩的模樣啊～～」

聽著爸爸的歌聲，我也跟著一起唱和起來。

「西瓜的盛產地喲～～」

5 拔草的車馬費：番茄

「早安！」

隔天，紀和奶奶也帶著笑容等我來。

「走！盡全力做好！」

聽到紀和奶奶精神百倍的聲音，不知不覺自己也跟著充滿幹勁。

只要開始拔草，自然而然就會唱起〈西瓜的盛產地〉這首歌。

「拔草拔得不錯了。接下來，告訴你採收農作物的方法吧！」

紀和奶奶招了招手告訴我往這邊，用力撥開玉米田向前走。

每株玉米長得跟我身高差不多，田壟上滿是茂盛的葉子。

手臂很容易被多刺的葉子扎到，所以要將手臂環抱起來，側身後用滑行般的走路方式前進。

「你看，這一穗玉米已經成熟，可以採收了。」

差不多在我胸部高度的地方，四周有許多黃綠色外皮包覆的玉米露出來。玉米大概有大型鉛筆盒般大小，細長的尖端垂下咖啡色鬍鬚般的東西。

「這個像鬍鬚的東西好像乾枯了。」

我觸摸一下那乾巴巴的玉米鬚。

「你瞧！」

紀和奶奶稍微揭開一點點玉米皮給我看。

閃耀著金黃色光芒的玉米粒從裡面露了出來。

「把手放在這裡看看。」

我的手便按住玉米穗根部與莖連結的地方。

紀和奶奶皺巴巴的手也放上來。

「我們數到三，一起出力。一、二、三！」

啪！

聽到輕脆聲的同時，我也因為重心不穩，整個人向前傾，一把抱住整株玉米。

可是，玉米竟然沒有倒吔。

「玉米莖還真強壯啊！」

我目不轉睛的盯著整株玉米看，紀和奶奶看我這副模樣忍不住放聲大笑起來。

「不管怎樣，這也拔得太用力啦！」

真的好難為情唷，可是又感覺有點滑稽好笑。「嘿嘿嘿」我抓了抓頭。

「真的好久好久沒有這樣大笑了！」

紀和奶奶一直笑個不停。

玉米多刺的葉子向四方伸展開來，感覺自己臉上也被扎得刺刺紅紅的。

不過，我現在已經不會太在意了。

採收玉米之後，就是打掃雞舍了。我還無法一眼就找出美人雞，可是美人雞自己會靠近我。今天也遇到美人雞了！不知道從何時開始，我在雞舍裡已經不需要再踮著腳尖走路了。

隔天以及隔天的隔天，美人雞那細細的腳會蹦蹦跳跳的靠近我。仔細觀察後發現，美人雞開始起步的時候，都會「蹦蹦蹦」的跳三

次。這好像是美人雞的習慣動作。

「今天也很早起喔！」

一早起床，看了一下客廳，媽媽正把煮好的早餐排列在餐桌上。

「就……自己醒來了……」

自從開始去紀和奶奶那邊幫忙後，大概五點半就會自動睡醒。

「那是因為你最近也很早睡的關係吧！」

如同爸爸說的，我九點就窩進棉被裡睡覺了。可能在紀和奶奶那邊常常勞動和走動，很自然時間到了就會很想睡。

「能夠全家人一起吃飯，真是開心！」

媽媽也盛了一碗飯給我。

爸媽他們大都是六點半出門。因此，如果我沒有早起，就沒辦法一起吃早餐了。

生菜沙拉裡有萵苣和小黃瓜，上頭放著小番茄，我把小番茄一個個挑出來。

「這不是圓形的番茄。」

紀和奶奶的田裡種的番茄都圓滾滾的啊！

「是啊，這是另外一個番茄種類，叫做『愛子』，形狀比較細長。小曦對蔬菜也感興趣了呢！」

「這點還真像爸爸！」媽媽笑著說。

「嗯，一點點感興趣啦！」

我把小番茄一一投進嘴裡。

這時候，「對了！」爸爸好像突然想起某件事，高興的微笑著。

「快要到愛心紀念日了，當天下午會臨時公休，我們一家三口要不要一起出遊呢？」

「嘿？真的嗎！」

我不自覺抬高音量。

朝日便當店是我小學一年級的暑假開始營業的，八月十日是開店紀念日。

爸爸把這個日子定為我們一家三口的「愛心紀念日」。

今年的愛心紀念日，是三週年紀念。

「有沒有特別想去的地方呢？」

媽媽問我的意見。

「讓我想一想……」

我手臂交叉在胸前，想了好一會兒。

「沒關係，慢慢思考就好。」

爸媽看到我深思的有趣模樣，都忍不住笑了。

今天，我也前往紀和奶奶家，從拔草工作開始。

我一邊哼歌一邊拔草，就在這時候我看到立在小番茄前面的一個板子。

板子上寫著「水果番茄」。

接下來，一如往常的前往雞舍。

「咦？」

雞舍外面，在倉庫的陰涼處，放了一個跟狗籠差不多大小的籠子。

明明昨天沒有放啊。

籠子裡有一隻雞。

紀和奶奶蹲下來，目不轉睛的看著那隻雞。

「請問您在做什麼呢？」

我站在紀和奶奶的背後詢問，只看到紀和奶奶就維持同樣的姿勢回答我。

「我正在看這隻雞的臉。」

「看臉？」

過一會兒，紀和奶奶才轉身過來。

「只要好好看臉，就可以知道大概發生什麼事了。這隻雞有點中暑，所以把牠移到陰涼的地方。不過，現在差不多恢復了。」

「只要看臉就知道嗎？可是雞不會說話吔……」

我望向雞舍，只見到美人雞「蹦蹦蹦」跳三次，慢慢靠近我。

仔細看了看美人雞的臉。

可是，根本看不出來美人雞正在想什麼。

我歪著頭思考時，美人雞也跟著模仿我的動作，脖子也稍微傾斜了一下。

脖子上毛茸茸的羽毛也跟著擠了上來。

好想摸摸看喔！

不自覺想摸看看。

可是，一看到那尖銳的嘴

喙，就感覺好像會被啄到，便趕緊把伸向鐵絲網圍欄的手給縮了回來。

紀和奶奶沒有回答我剛剛的問題，只是笑笑說：

「來，我們再加油一下下吧！今天的車馬費是番茄唷！小曦來幫忙拔除雜草之後，最近番茄常常結果實，生長得很好呢！」

然後她「啪啪啪」的拍拍褲子後站起來。

6 愛心紀念日的計畫

咯噹咕咚！隔壁房子傳來急促的腳步聲。

「怎麼沒叫我起床啦！」

聽起來好像是颯太急到快哭出來，拚命吶喊出來的聲音。

那剛好是我正要出門前往紀和奶奶家，正在玄關穿鞋子的時候。

「小聲一點。佳菜會被吵醒的。」

「是佳菜不好吧！害我現在超想睡的！」

聽到颯太和他媽媽你一言我一語的口角後，玄關傳來開門聲。「等等！你的便當……」此時「砰！」一聲巨響，音量幾乎蓋過這句話。

「不知道颯太發生什麼事了？」

等到四周都平靜下來後，我才出門去。從社區的樓梯上偷偷往下看，剛好看到颯太騎著腳踏車通過社區前的大馬路。腳踏車前面的籃子裡放著運動包，包包有一大半都掛在籃子外頭。

「原來要去踢足球啊，我還擔心怎麼了呢……」

真是白擔心了。

我在心中喃喃自語著，慢慢從社區樓梯走下去。

我一邊騎腳踏車，一邊向下眺望著河堤旁的運動場。有一群小朋友在打棒球，還有人在慢跑，看著看著，眼前出現了一座大橋。過了這座大橋，就是風間山。

就在這時候，我發現河堤邊停著一輛腳踏車，藍色車身上畫著黃色線條的越野腳踏車。

「啊！是颯太的車！」

環視四周，從河堤上走下去到運動場的中途，看到斜坡上的草叢裡，有一個穿著白襯衫的身影忽隱忽現。

「啊！」

颯太抬起頭來，他的目光望向我這邊。

對面運動場上，正在舉行足球比賽。可以聽見教練的呼喊聲與呼叫傳球的聲音。

「對了，有比賽。」

颯太說過星期六有足球比賽，也難怪他那麼急著趕過來。

颯太突然把頭轉回去看運動場，似乎不想讓我看見。

我有點猶豫，不過還是走下臺階，坐在比颯太高一階的地方。

一下子置身在草叢裡。從運動場看過來，一定會以為這只是一大片草叢吧！

可是，頭頂上的太陽彷彿訴說著：「我看見你們嘍」讓我們整個曝晒在火辣辣的陽光下。

「好熱！」

「快熱昏了！」

颯太從運動包中拿出毛巾綁在頭上，同時還丟了一條毛巾過來。

「啊！謝啦！」

打開的運動包裡，可以看到藍色光滑的布，跟那群在運動場上奔馳著的運動員身上的制服是同一個顏色，應該就是颯太的制服吧！

「不去比賽了？」

「……只要遲到就無法出場比賽……」

颯太直盯著腳邊看。

此時，陣陣的蟬鳴聲中，也同時傳來颯太口中喃喃自語的聲音。

「真羨慕你，小曦。可以一個人，那麼自由自在。」

一時間，身體就像被釘住般……雙手緊按在早已晒到滾燙的水泥臺階上。

然後，我用蓋過蟬鳴的音量，彷彿對著自己說：

「再自由，我也沒有像颯太你還有讓自己拚命努力的足球啊！」

「咦？是這樣嗎？」

就在颯太轉過頭來看著我的時候，「嗶嗶——」比賽結束的鳴笛聲響起。

他再次將視線移回運動場上，「呼——」深深嘆了一口氣後，颯太小聲抱怨著：

「哼，還不都是佳菜害的……」

聽說昨天半夜裡，佳菜突然氣喘發作，全家人今天早上才會不小心睡過頭。看著颯太一把拔起腳邊的雜草往旁邊丟去的身影，深深感受到他有多麼懊悔自己無法上場比賽。

想鼓勵一下颯太，於是我用開朗的聲調提議：

「等一下要不要一起去紀和奶奶家？」

颯太聽我說了樂奇蛋和美人雞的事情後，終於慢慢恢復往常的神情，臉上帶著微笑說：「聽起來感覺蠻有趣的咿！」

我們肩並肩騎著腳踏車出發。過沒多久，因為實在太熱了，我們把毛巾當頭巾綁在頭上。

「小曦，你看我變成晴天娃娃了！」

「颯太你夠了喔！」

我們互看一眼，噗哧笑了出來，用力踩著腳踏車前進。

紀和奶奶從田裡探出頭來，「和我一模一樣呢！呵呵！」還心滿意足的摸著自己頭上的頭巾。

「啊！我是小川颯太。」

「你好！」

紀和奶奶仔細瞧了瞧剛打完招呼的颯太。

「來，今天也要幹勁十足的勞動喔！先採收小黃瓜，再打掃雞舍。」

如同往常，紀和奶奶俐落的交代好要做的事項。就在這時候，紀和奶奶拿出一把剪刀，上頭有咖啡色的銹，真是一把歷史悠久的剪刀啊。

田埂上立著用支柱架起來的棚架，棚架上頭掛著網子，小黃瓜的莖蔓會從地面順著支柱向上攀升，並纏繞在網子上，這樣一眼就能看到垂吊著的小黃瓜。

「這條小黃瓜，好像回力鏢的形狀喔。」颯太說著，然後指向旁邊的小黃瓜，「這邊的好像雨傘彎彎的握把。」

就連看起來瘦弱的苗株，也長出果實了。

「抓住瓜體的蒂頭，再用剪刀剪下來。」

喀嚓！紀和奶奶輕巧敏捷的剪下小黃瓜。

「來，試著剪剪看。」

遞過來的剪刀鑾重的，手指穿過握柄，試著要剪的時候，發現這把剪刀有點難操作。

「我可以採收這條小黃瓜嗎？」颯太把手伸向小黃瓜，「好痛！」瞬間就放開手了。

「刺刺的，會扎手喔！」

我一邊注意表面刺刺的地方，一邊抓住小黃瓜，再用剪刀剪下蒂頭。

兩片刀刃夾住了蒂頭，卻剪不斷，只好用力向一側扭轉成水平方向。

不知道是不是刀刃不夠銳利，無法順利剪好。反覆嘗試好幾次都剪不好，緊貼著刀柄的中指側邊開始隱隱作痛。

颯太也挑戰過，果真不行。

「能夠流利的使用這把剪刀的話，就能獨當一面了喔！」

只見紀和奶奶熟練的使用剪刀，輕輕鬆鬆的就剪下小黃瓜了。

要是能像紀和奶奶那般熟練，那該有多好啊！

我揉一揉中指側邊有點紅腫的地方。

「哇嗚，好多好多雞啊！」

一進到雞舍，颯太看到那一大群雞，整個人緊縮在我背後。

我一揮動竹掃帚，跟平常一樣，美人雞就會「蹦蹦蹦」跳三次後，慢慢靠近我。

「這就是你說的美人雞呀！」

躲在我背後的颯太專心凝視著牠。在我面前打轉的美人雞，眼看就要撞上竹掃帚。

「唉呀！有危險！」

正當我伸手向前去追美人雞時，指尖稍稍碰觸到那鬆軟輕柔的棕紅色雞毛。「哇，軟綿綿的！」

雞毛看起來明明是硬邦邦的感覺。

這次，我蹲下來，慢慢撫摸著，輕輕柔柔的羽毛，摸起來好舒服。

可是當颯太伸手要去摸時，美人雞立刻飛跳躲開。

「哼，就只跟小曦特別好。」

跟我特別好啊！

「呵呵呵」我看著美人雞，開心的笑了出來。

小幫手任務都圓滿完成後，我們用井水洗手。

「井水冰冰涼涼的，好舒服！」

颯太「啪！」一聲的拍打水面，水花四濺。

「哇啊！噴到我啦！」

我也「啪！」的用力拍水，把水噴回去。

「哎唷！」

「你還不一樣。」

水花在空中飛舞著。

臉和手臂，還有頭髮都淋溼了。好涼爽，好舒服。

我們大聲喧鬧著，一旁的紀和奶奶一直靜靜看著我們。

她將剛剛採收回來的小黃瓜和熱騰騰的飯糰，排列在緣廊上。

颯太咬了一口小黃瓜，直呼：

「真好吃！」

「好吃吧？」

我也「喀滋喀滋」的一口接一口吃著小黃瓜。

「今天看起來神采奕奕唷！」

我看著「呵呵呵」笑開懷的紀和奶奶。這時

候，「好！就這麼辦！」紀和奶奶說完就起身站起來。

「今天就特別做玉子燒給你們倆吃吧！」

「咦？真的嗎？」

我也趕緊站了起來。

「我也要！」颯太也飛快的舉起手來。

我們來到採光明亮的廚房，紀和奶奶拿給我們看的大碗公裡，放著兩顆咖啡色的大雞蛋。

「這就是樂奇蛋吔！」

紀和奶奶兩手各拿著一顆樂奇蛋，在水槽角落「叩叩」的敲兩下，然後在大碗公上方，用手把蛋殼對半撥開。

蛋黃和蛋白滴溜溜的滑入大碗公裡。

「閃閃發光！」

「蛋黃好大顆啊！」

盯著飽滿鼓起的蛋黃，颯太也不禁抬高聲量。

「剛出生的蛋最新鮮了！」紀和奶奶呵呵笑著，「加入少許的砂糖和鹽之後，好好攪拌蛋汁……」

紀和奶奶用夾菜的長竹筷子，嘎鏘嘎鏘俐落的攪拌好蛋汁，然後拿到已經熱好鍋的平底鍋上頭。

2
3
4
6
7
8
10

噗滋噗滋，平底鍋裡的熱油開始飛濺出來。

「要一氣呵成、一鼓作氣、拿出自信！」

紀和奶奶就像在信心喊話似的，說完就先將一半的蛋汁倒入平底鍋。

立刻聽見「噗滋噗滋」的美味聲音，同時散發出一股甜甜的香味。

等蛋煎到半熟時，就輕輕推到平底鍋的前端，再倒入剩下的另一半蛋汁，用鍋鏟流暢的翻動後捲起來。

過程中，紀和奶奶真的是一氣呵成的完成，讓我看得目不轉睛。

「咚咚咚」她把金黃色的玉子燒快速切成三等份後，

用手拿起其中一塊，一口吃掉。

「好～好～吃喔～」

我急忙伸出手去接遞過來的盤子。

那是期盼已久的樂奇蛋玉子燒吔！

我心臟噗通噗通跳著，把玉子燒放入嘴中。

一入口，就聞到一股香氣，入口即化的甘甜好滋味。

「怎麼會如此美味……」

甘甜、鬆軟、熱騰騰、入口即化……言語難以形容的好滋味！

一口吃完就太可惜了，我故意在嘴裡細嚼慢嚥。

如果爸媽也能品嚐的話，一定會感到很驚喜吧！

一想到他們倆驚訝的表情，我就「噗哧」的笑出來。

好想讓爸媽也吃吃看喔！

咕嚕吞下最後一口玉子燒時，感覺一股溫暖情誼直達肚子最深處。

對了！

忽然想到一個好點子，同時不自覺的說出口：

「真是絕頂美味啊！八月十日可以再分給我樂奇蛋嗎？」

「怎麼了？不是剛剛才吃過嗎？」

紀和奶奶才說完，我開始滔滔不絕的說起來。

「那天是我們家便當店的三週年紀念日，我想自己做樂奇蛋玉子燒給爸媽吃。」

我鼓起勇氣往前跨出一大步，立刻低下頭來。

「從明天起，我也會繼續來幫忙，拜託您了！」

「噢！原來是這樣啊！」

紀和奶奶竟然點頭答應了。

「好，再等你過來嘍！」

「好！」

這時，聽到一陣「咯咯咯」聲響起，聽起來很開心，似乎也在應和著我高亢興奮的心情。

從紀和奶奶家回來的路上，總覺得颯太看起來無精打采的，無論跟他說什麼，他都只是點點頭回應。當我們快到達社區時，只看到颯太完全不發一語。

腳踏車停車場前面，出現了一個人影。

從停車場望向我們這邊的是颯太的媽媽，一看到我們，就立刻跑了過來，一把抱住颯太。

「平安就好……平安就好……」

颯太使勁撐住差點倒下的腳踏車，一臉難為情，感覺快哭出來了。

「颯太！」大喊一聲，急忙跑過來的是颯太的爸爸，「呼——」的大大吐了一口氣。

「不要再讓媽媽那麼擔心你了！」

颯太的爸爸好像剛剛才急急忙忙從公司趕回來，他鬆開脖子上繫著的領帶。

不知何時，佳菜也跑過來拉著颯太身上的T恤衣角。

爸爸媽媽妹妹都圍在自己身邊，颯太倚靠著家人，小聲說出：

「對不起！」

颯太的爸爸拍了拍颯太的肩膀，彷彿說著「沒事了」。

颯太，太好了！

明明心中是為颯太感到開心的，可是不知怎麼的，我低下頭來。我走在颯太一家人後面，相隔一些距離，一起走上社區樓梯。

到達颯太家門口時，颯太的媽媽邀請我：「小曦，要不要一起吃晚餐？」

「我媽媽就快到家了。」

我拒絕了邀請。

其實，今天傍晚有便當訂單，媽媽已經告訴我無法七點趕回來了。我們約好晚餐就是把冰箱裡的菜熱來吃。

「這樣啊，那再見嘍！」

颯太跟我揮手說再見後，帶著歡喜的聲調消失在大門口的另一端。

一打開門進到家裡頭，整個家熱到快喘不過氣來，我把陽臺窗戶全都打開來。

微風徐徐吹來，日曆隨風飄揚。

我一直盯著日曆上八月十日這天。

「一定要請紀和奶奶教我做出美味玉子燒的祕訣。」

喃喃自語後，感覺原本全身僵硬的自己，終於稍稍放輕鬆了。

7 感覺無法負荷時……

「回來了！」

聽到媽媽的聲音，緊接著傳來爸爸高興的聲音。

「今天便當全都銷售一空喔！」

好像便當都賣完了，就提早打烊的樣子。

「爸媽回來啦！」

忍不住想快一點告訴爸媽愛心紀念日的計畫，我飛奔到玄關去。

「哇嗚，大受歡迎唷！」

看到媽媽開心的臉上掛滿笑容，我也跟著用開心的口吻說。

「嗯，愛心紀念日當天……」

就在我要說出計畫的時候，「嘟嚕嚕嚕……」電話鈴聲響起。

「喔！是打到朝日便當店的電話。」

爸爸從口袋中拿出手機，看著手機畫面，再轉過來看我一眼。意思是要我先安靜一下。

沒辦法，我只好把接下來要講的話都先吞進肚子裡。

「是！正平先生，您好！」

爸爸用絲毫不顯疲憊的開朗聲調打招呼。

這時候，「咦？您說今晚嗎？」爸爸語帶驚訝，同時看了媽媽一眼。

才短短一句話，根本不知道詳細內容，媽媽先點了點頭。

「好，了解！我們準備好就立刻給您送過去。」

爸爸恢復一開始開朗的語調回答後，掛上電話。

我正想重新開口說一下愛心紀念日當天的計畫，沒想到，爸爸搶在我開口前，先說話了。

「好像是正平先生的老朋友突然要來拜訪他的樣子。因為一直都有跟老朋友提到我們家的便當，他說希望務必讓老朋友也品嚐看看，就打電話來訂便當了。」

爸爸高興的說明整件事的原委，同時再把剛脫下來的鞋子給穿了起來。

「那麼，讓我們好好施展一下廚藝嘍！」

媽媽也一把抓起剛放下的鑰匙。

「今晚可能會忙到比較晚，小曦，你也一起去店裡吧！」

「來，加快腳步！」

爸媽已經準備好要出門了。

忽然間，我已經沒有心情再講愛心紀念日的事情了。

「有必要做到這樣嗎？」

我小聲說著。

這時候，爸爸把手搭在我的肩膀上。

「正平先生這位老主顧，一直以來都很支持我們家的便當店。即使像現在這個狀況，也只不過讓我們有機會盡微薄之力，這樣才能問心無愧啊！」

爸爸搭在我肩膀上的手加重力道，讓我差一點跌倒。

隔天，我睜開雙眼時，玄關傳來爸媽的聲音，是他們出門去便當店工作的時間了。

好久沒早上睡到這麼晚。現在還來得及去送爸媽出門，可是我卻不想起床，只是躺在棉被上滾過來滾過去。

即使聽到大門上鎖的聲音，不知怎麼的，感覺身體很沉重，一點也不想起床。

當我拖拖拉拉還躺在床上的時候，傳來「喀噹喀噹」急忙跑過社區走廊的聲音，又傳來快速跑下樓梯的腳步聲。

是颯太的爸爸出門上班去了。

明亮的陽光從傳來腳步聲響的那面窗戶照射進來。

「呼——」輕聲嘆了一口氣後，我才慢慢起身。

在紀和奶奶家前面停下腳踏車。

汗水……從脖子上流了下來。

今天比平常晚了一個小時出門，相對的，感覺陽光照射更加強烈。

我用T恤袖子使勁的擦掉汗水，把腳踏車停在大門口旁邊，忽然感覺好像有視線落在我身上。

是紀和奶奶從田裡望向我這邊，一直盯著我看。

「不好意思遲到了……」

我打算避開視線的時候，看到紀和奶奶對著我揮手打招呼。

「你來啦！今天先從拔除後院雜草開始。」

彷彿知道我一定會來的樣子，讓我不知不覺感到很安心。

我哼著〈西瓜的盛產地〉，拔除後院的雜草。

接著就跟平常一樣去打掃雞舍。

打掃完後，我蹲在美人雞的旁邊。

「小曦打掃已經可以獨當一面了。」

紀和奶奶說完，就往田地的方向走去。

「美人雞，我跟你說喔……」

我說話的時候，美人雞圓滾滾的眼睛一直看著我。

「怎麼啦？」看起來好像在聆聽我說話的樣子。

美人雞能夠理解我說的話嗎？

很不可思議的是，我開始跟美人雞聊天。

「八月十日是我們家朝日便當店的三週年紀念日。那天，很希望有樂奇蛋。因為我想做玉子燒……不知道爸媽會不會感到高興呢……」

最後不經意的附加了這句話。

「咯～～」立刻傳來宏亮的雞鳴聲，好像在回應我：

「我明白了！」

讓我差點笑出來，同時也感覺心情好多了，我輕輕摸著美人雞的背。

「歡樂蹦蹦跳

開心歡喜美人雞

美味玉子燒」

如果是用美人雞所生的雞蛋，一定能夠做出脣齒留香的美味玉子燒。

光想像，就讓人笑得合不攏嘴。

「咦——？」背後傳來聲音。

「小曦，你也會俳句啊！」

「啊！嗯……」

我把正平先生風格的俳句說給紀和奶奶聽。

「很厲害唷！小曦！」

說完，只看到紀和奶奶把手撐在下巴，口中念念有詞的樣子。

「噢，這樣啊！是西瓜嗎？」

拿著聽筒在說話的紀和奶奶，朝坐在緣廊上的我看了一眼。

從開始來這裡幫忙算起，已經超過十天了。幫忙做事的技巧變好，連打掃雞舍也一下子就完成了，現在正坐在緣廊上喘口氣休息。

「好啊！那我就不客氣收下來嘍。」

好像約好要收下西瓜的樣子。

「不用不用，沒關係。」

紀和奶奶最後特別說了這句話後，就掛上電話。

「小曦，我們出門去！」

「咦？要去哪兒？」

「隔壁。」

穿上拖鞋，紀和奶奶就往庭院走去。

「隔壁鄰居，是您的親戚是嗎？」

紀和奶奶家隔壁第三戶人家，應該是她的親戚。

「是啊！原本也可以從庭院直接穿過去，可是現在雜草叢生，我們繞到大門口那邊吧！」

紀和奶奶出門走到大門口前的大馬路，走了一會兒之後，走進鄰居家。雖然說是隔壁鄰居，但跟社區裡的隔壁鄰居可大不同啊！這裡大概是社區裡走到相隔十戶人家左右的距離了。

「我來了！」

紀和奶奶吆喝了一聲。

「正等您來呢！」

有一位阿姨從屋裡走出來。

頭上綁著頭巾，腳上穿著高筒種田鞋，看來剛剛在種田的樣子。

我急忙鞠躬問好。

「啊！原來如此！」

阿姨呵呵笑了起來。

「很重喔，搬得動嗎？」

阿姨邊說邊對我招手。

紀和奶奶已經坐在緣廊上舒舒坦坦的休息，完全沒有要起身的樣子。我感到有點困惑，但還是跟在阿姨後面走進去。

從後院可以直接通往田地。眼前是一大片廣闊的田地，阿姨好像跟之前聊過天的那位農家大哥哥他們家一起耕種的樣子。往前走去，那兒長滿了一顆顆的大西瓜。

「我來瞧瞧，這顆應該不錯唷！」

阿姨「咚咚咚」敲打著西瓜。

咚！聽到好像打太鼓一樣的響亮回音，阿姨就拿剪刀剪掉那顆西瓜的藤蔓。

「雖然有點重，可是很好吃唷！」

是要我拿走這顆西瓜嗎？

我把雙手挪到西瓜下方。

「嗯——」

比想像中更重。

「腰要用力後再抬起來喔！」

聽阿姨的建議後，使用腰力，身體雖然有點搖搖晃晃的，還是想辦法搬了起來。

「平常我們都會送過去，可是紀和奶奶說今天不需要。說她有一位弟子在身邊，沒想到那麼年輕啊！」

剛剛電話聊到「沒關係」，是這麼一回事啊！

「紀和奶奶本來就精神奕奕，現在更加健康硬朗了呢！」

阿姨笑嘻嘻的看著我。

是我自己說要來幫忙，也不好意思再說重了。

我張開雙腳，半蹲下來，好像企鵝一樣，很吃力的往前走。

「噢！抬過來啦。那我們回去嘍。謝謝啊！」

紀和奶奶站了起來。

「身邊有這樣的弟子，真教人放心啊！」

阿姨對我說完，我背對著阿姨，稍微抬起手示意，向前走去。

「嗯，有點……」

其實很想把西瓜再放回地上去。

可是，背後阿姨還在看……。

只好盡全力繼續向前走了幾步。可是才走出門口不到二十步，手開始麻了。

「紀和奶奶，這個有點……重……」

一說完，紀和奶奶終於回過頭來看我。

「那就在這兒放下來吧！」

這裡剛好是潺潺流水經過的水渠和柏油路的交界處，長滿柔軟的雜草。

「西瓜要輕輕的放下來喔！」

我加把勁，用腰使力，慢慢——慢慢——的蹲下去放好。

「呼——」

兩手一放鬆，汗水就大顆大顆的滴下來。彎著腰，雙手扶在膝蓋上，肩膀上下起伏，用力喘氣。

「還好嗎？輕鬆許多了嗎？」

我一邊擦汗一邊點點頭。

「小曦的平衡感很好喔！」

連想都沒想到會被稱讚。

「可是啊，那個半蹲姿勢有點矬吔！」

很不想被人看到剛剛搬東西的模樣。

「能夠搬到這兒，真的很厲害！可是啊……」

紀和奶奶看著那顆圓滾滾的西瓜，若有所思的說道：

「感覺無法負荷時，就要先放下。盡全力去搬運就跟下定決心放下一樣，都是相當重要的事情唷！」

微風徐徐吹來。

草叢和稻田裡的稻穗都隨風搖曳著。

手的麻痺感以及身體感受到的重量，感覺瞬間都被風帶走了。

接下來，再次用有點矬的半蹲姿勢搬運西瓜。

明明是一樣的重量，這次卻感覺比剛剛輕鬆許多。

把西瓜放在冰冰涼涼的井水中，冰鎮一陣子之後，紀和奶奶就切了片西瓜給我吃。

「哇啊～！」

鮮美火紅的果肉，滲出鮮豔閃耀的果汁。

「西瓜的盛產地喲～」

我輕快的哼起這首歌。

「小曦也知道這首歌啊！」

紀和奶奶抬頭看著藍天白雲，開始跟我說起一段故事。

「我在鄉下的老家啊，是種植西瓜的農家。當初嫁到這裡時，大家就是用這首歌歡送我的。」

紀和奶奶指著風間山，說老家就在山的另一邊。

「之後，就跟田地一起生活了大半輩子！」

瞇著眼睛懷念著老家的紀和奶奶，輕聲細語的說：

「這一路走來發生過大大小小的事情啊！」說完，就咬了一口西瓜。

原來發生過那麼多事情。

我一直看著那鮮紅色的西瓜。

當負荷重到很想放下……剛剛搬西瓜真的有這種感覺哪！

我張大嘴巴。

一口咬下西瓜的輕脆聲，同時嘴裡溢滿甘甜的西瓜汁。

那比我吃過的任何一顆西瓜都來得更加美味可口。

當天晚上，我對剛從便當店回到家的爸媽說：

「愛心紀念日，我們輕輕鬆鬆窩在家裡過吧！」

「哦……？待在家裡就好？」

爸媽都感到很驚訝的樣子。

「想要全家人一起好好吃頓飯！」

我還是沒說出樂奇蛋玉子燒的事情，先當作小祕密吧！

「這樣啊，那……偶爾就在家裡放鬆一下吧！」

爸爸點了點頭。

媽媽看起來還有點擔心的樣子說：

「那天，我們來煮一些好吃的飯菜吧！」

8 約定的日子

八月十日。

一早陽光普照，晴空萬里。

與往常一樣，我前往紀和奶奶家，先拔草、再打掃雞舍。

關於樂奇蛋，今天回家前，我打算再拜託紀和奶奶看看。

「咦？美人雞呢？」

我正要走出雞舍時，才發覺腳邊竟沒有美人雞的蹤影。

我環視了整個雞舍，發現美人雞待在很像鞋箱的箱子裡蜷縮成一團。

「喂，你怎麼啦？」

跑近一看，「啪！」一聲飛跳下來，美人雞昂首挺胸，一副「你看，我很厲害吧！」的表情。

我往箱子裡一看，

「啊！有雞蛋！」

有一顆跟草莓大福差不多大小的雞蛋。

「哦！是剛生出來的雞蛋吔！」

紀和奶奶跑過來看發生了什麼事，一進到雞舍來，努了努下巴告訴我：

「拿拿看吧！」

我並沒有立刻伸出手來。

咖啡色的蛋殼上好像附著了類似稻殼的東西。

這顆雞蛋……直到剛剛都還待在美人雞的身體裡啊！

感覺有點噁心，可是又感覺好厲害……

「咯咯咯！」美人雞叫著。

這次，我鼓起勇氣，靜靜的伸出雙手，把雞蛋輕輕捧在手掌心上。

「好溫暖……原來雞蛋是有溫度的吔！」

拿在手裡，手心暖呼呼的。

「哇喔！」嘆了一口氣，我盯著雞蛋看了好一陣子，看得好入迷。

「唉呀！該回家了！」

這時候我的視線才離開樂奇蛋，抬起頭來。只見紀和奶奶正看著那些雞，直直盯著看，就好像用眼神在跟牠們對話。

不一會兒，「好吧！」紀和奶奶說完，便走向對面放置箱子的地方，好像拿了某樣東西出來。

「拿去吧，今天需要，對吧？」

紀和奶奶手中拿著兩顆圓圓的雞蛋。

「啊！謝謝您！」紀和奶奶有把這件事放在心上哪！

我急忙鞠躬行禮。

「那是因為那些雞啊，好像也能夠體會你的用心唷！」紀和奶奶抬起下巴努了努雞群。

「想道謝的話，應該要對牠們道謝才對！那可是

剛生下來、暖呼呼的雞蛋唷！」

牠們能體會……

我想到了！之前紀和奶奶說過「要幫忙到我們能夠體會到你的用心唷」，原來話裡的「我們」指的是紀和奶奶和這些雞啊！

我轉頭面對這些雞隻，大聲說：

「謝謝！」

「咯咯咯！」

美人雞的鳴叫聲，彷彿在對我說：「不客氣。」

紀和奶奶將三顆雞蛋裝在盒子裡保護好，比較不會破掉。

「要小心拿喔！」

紀和奶奶小心翼翼的拿給我，我試著詢問：

「玉子燒，要怎樣才能煮得好吃呢？」

紀和奶奶一聽完我的提問，突然就像在信心喊話般，大聲說道：

「要一氣呵成、一鼓作氣、拿出自信！」

這是之前紀和奶奶說過的話。

「最重要的是製作玉子燒的過程中，要昂首挺胸、對自己有信心。」

拍了拍自己的胸膛，紀和奶奶滿臉笑容。

中午十二點鈴聲響起的時候，我剛好到家。

我從背包裡拿出雞蛋，確認一下有沒有破掉。每一顆都完好如初。

「不愧是樂奇蛋啊！」

美人雞生下來的蛋，比另外兩顆雞蛋大上許多。一放到手心，發現還有點暖暖的！

一定能做出美味可口的玉子燒！

我把雞蛋放進冷藏庫，一想到爸媽感到驚喜的表情就雀躍不已。

「我回來了！」聽到媽媽的聲音了。

我跑過去迎接他們，一鼓作氣的說：

「今天會有一樣特別好吃的東西唷！」

媽媽脫下鞋子，一臉疑惑。

「來，快一點、快一點嘛！」

我快速的招招手。

「嘿？怎麼啦？」

「祕——密——」

我呵呵笑著，媽媽也跟著笑。

「真讓人期待啊！我想爸爸應該會感到很驚喜喔！」

「咦？爸爸呢？」

「爸爸先送便當去俳句聚會後就回來。爸爸說小曦在家等我們，要媽媽先回家。」

「對了，今天有便當的訂單！」

是正平先生訂購的便當，聽說今天好像要跟隔壁城鎮的社團一起舉辦讀書會。

記得爸爸在回覆這通訂單電話時，還偷偷看了我一眼。

「不用擔心。那是中午的訂單，上午就可以完成。」

媽媽在我耳邊輕聲對我說，我安靜的點了點頭。

「很快就到家嘍！」

媽媽用輕鬆的口吻說完。就在這時候，「喀鏘！」一聲，大門打開了。

「我回來了！」

爸爸的聲音有點喘，媽媽一副「你看吧！」的表情看向我這邊。

可是，正當我要喊出：「今天會有好吃的東西」這句話之前，就被爸爸急促的話語給覆蓋過去了。

「不得了啦，曉秋！便當的數量不夠。他們說總共需要五十個便當。目前還不夠三十個便當，我們要用最快的速度完成。」

一說完，爸爸就飛奔出門了。

「唉呀！不得了！我們去去就回。」

「砰！」大門在眼前關上。我也拿起鑰匙，跟著奔跑出去。

爸媽搭上送便當的車子，回到店裡去。

哼！真是的，怎麼會變成這樣呢？

我竭盡全力的踩著腳踏車踏板。

便當店的鐵門只開了一半，下半部是開著的。鐵門上貼著一張紙寫著：

「今天下午臨時公休，敬請見諒！」

有那麼一瞬間完全不想動，不過我還是矮下身來，往旁邊拉開店裡的玻璃門。

看到爸媽和正平先生都在店裡。

「小曦，不好意思了！原本你們特別安排下午公休的……」

正平先生突然低頭道歉。

「沒關係……」

對方都道歉了，我也只能這樣回答了。

「沒有沒有，是我聽錯數量了。」

爸爸向正平先生搖了搖手。

媽媽俐落的吩咐：

「小曦，可以來這裡幫忙嗎？幫忙把調味料放進去後，蓋上便當盒蓋子！」

「啊！好！」

我快速洗好手，把裝著調味料的小塑膠瓶放入剛做好的便當盒裡，再蓋上蓋子。和剛完成的便當一起搭上車的正平先生，再次對我低頭道歉：「真是不好意思！」

「呼——」我和媽媽在店裡後方的房間坐下來。

「肚子餓了……」

「對啊！中午我們就吃剛剛做便當剩下來的菜吧！小曦的超美味食物，期待晚餐再來好好品嚐嘍！」

媽媽開始準備午餐。

「……嗯」

也是，等回到家再吃，應該早就餓昏了。

爸爸一回到店裡，就和我們一起吃午餐。

「唉呀！真抱歉！竟然沒注意到，犯了這種錯誤。」

爸爸弄錯訂單，好像很自責，因為這句話他反覆說了好幾次。

本來就該多注意，尤其今天是我們一家人約定好的日子。

我在心裡是這麼想的。

「對了！明天大聖寺訂購了要用在法會的便當，剛剛打了幾通電話去做最終確認，可是都沒人接。」

一吃完飯，爸爸又從口袋拿出手機來。

「又是工作……」

我實在忍不住就說了出來。

「講完這通電話，今天的工作就完成了唷！」

媽媽輕撫我的背安撫我。

可是，這時候又發生了一件麻煩事！

爸爸一說完電話，看似想讓自己冷靜下來，於是緩緩說出：

「原本我聽到的是預訂六十個便當，但剛剛他們說是一場法會六十個便當，所以明天總共需要一百八十個便當。」

媽媽立刻起身，打開冰箱的冷藏庫和冷凍庫，開始確認起食材。

「還需要一百二十個便當……」

爸爸兩手交叉在胸前，感覺很煩惱。

可是，媽媽斬釘截鐵的說：

「做不出來才會困擾，我們盡全力趕快做出來就好了啊！食材再想想辦法，應該是沒問題的！」

「對……沒錯！」

爸爸的表情篤定了許多。

「小曦，可以幫忙拿高麗菜和紅蘿蔔過來嗎？」

媽媽已經開始俐落的準備起來。

我慢吞吞的打開冷藏庫，緊閉著嘴巴，右手拿著紅蘿蔔，左手拿著高麗菜。

爸媽已經開始在製作便當了。

我緊緊握住紅蘿蔔和高麗菜。

「聽我說！」

明明心裡想說的話都快滿出來了，可是卻只能吐出這句話。

「喂，聽我說一下！」

終於，爸媽都轉過頭來看我了。

媽媽微微張開口像要說些什麼，滿臉的歉意。

可是，我再不說出來會受不了的！

「不是說好今天便當店要公休的嗎？」

爸爸一臉歉意的把肩膀靠過來。

「抱歉啊！可是現在不馬上進貨和準備的話，可能會趕不及喔！」

我心裡當然明白，可是……。

媽媽向我靠過來，微微傾斜著頭跟我商量：

「小曦準備的超美味食物，讓我們明天好好享用好嗎？」

「啊？剛剛不是說要在今天晚餐吃嗎……」

我沉默下來，現場氣氛一片消沉。爸爸忽然拍了拍手說：

「對了！下週的公休日那天，我們全家去遊樂園吧！當作今天的賠禮。」

下週……

「太好了！好久沒去了呢！」

媽媽帶著滿臉笑容，更抬高音量說：

「也邀請颯太，看他要不要一起去玩。」

「颯太要練習足球啦！」

我粗魯的回答。

沒想到，爸爸竟然說出令人意外的話。

「小曦，你也想要踢足球嗎？」

「啊？」

「聽颯太的媽媽提過，足球隊好像也有體驗課程喔。」

媽媽緊接著說：

「你想做的事，爸媽都支持你唷！」

爸媽以關愛的眼神看著我。

腦海中突然浮現了美人雞圓滾滾的雙眼。

心中一震，隱隱作痛，手上的紅蘿蔔和高麗菜頓時變得好沉重。

感覺無法負荷時，就要先放下。

耳邊響起紀和奶奶的聲音。

「才不是呢！才不是爸媽說的那樣！美人雞還特別把蛋生下來給我們呢！」

我把紅蘿蔔丟了出去，碰撞到地面的紅蘿蔔應聲斷成兩截，在地上滾動著。緊接著，「砰！唰！」腳邊傳來高麗菜碎掉的聲音。

「小曦！」

爸爸發怒的聲音直奔耳邊，媽媽則是被我嚇了一跳。

儘管如此，我還是再次大喊：

「朝日便當店乾脆倒閉算啦！」

我一說完就破門而出，跳上腳踏車，飛快使勁的踏著腳踏車踏板。

一口氣飛奔到大馬路，穿越大馬路後，旁邊小叉路出現一臺腳踏車。

「啊！」我大叫了一聲。「小曦！」颯太大喊，好像還跟我揮揮手的樣子。

可是我並沒有停下來。颯太的聲音早已飄散到遠方。

我不想待在這種地方，想飛奔到遠處某個不知名的地方去！

往河堤方向騎去，再騎過一座橋，我只是一股腦兒的拚命踩著腳踏車踏板。

一回神，發現不知不覺已騎到紀和奶奶家門前了！

夕陽西斜，光線籠罩著紀和奶奶家，四周一片寂靜。感覺整棟房子看起來比平常要巨大許多。

我直盯著黑色屋頂反射出來的黯淡光線。

遠方傳來風吹拂著稻穗的聲音，還伴隨著「咯咯咯」的雞鳴聲。

雞鳴聲忽然變得好大聲。

「咯、咯咯——！」

聽到異常尖銳的雞鳴聲。

好像在發出「救命啊！」的求救訊號……

該不會……有貓闖進去了？

我飛奔過去。

聽到「喀噹喀噹」的開門聲，紀和奶奶也從家裡跑了出來，馬上看到我，「你怎麼會在這裡？」她一臉驚訝，可是並沒有停下腳步，直往雞舍跑去。

我迅速超過紀和奶奶，先抵達雞舍門口。

雞隻們用力揮動拍打著翅膀，一邊持續發出尖銳高亢的鳴叫聲，一邊往雞舍的角落聚攏。

牠們直盯著前方……

「啊！」

有隻黑貓正設法要鑽進柵欄。

「走開！」

黑貓被我這麼一大聲吆喝，咻——的一溜煙跑掉了。

「不要跑！」

我邊追邊大聲喊叫，黑貓逃到草叢裡，不一會兒就消失無蹤了！

「我們這一帶，有時候還會出現狸貓呢！不特別留意都不行啊！」

紀和奶奶一邊看著剛剛黑貓把頭塞進去的地方，一邊對我說這些雞之所以會發出那種尖銳叫聲，就是因為有貓闖入，要不然就是有些雞害怕打雷所發出來的叫聲。

「還好有小曦在，幫了我們一個大忙！」

紀和奶奶說完，慢慢抬起頭看著我。

我一看到紀和奶奶，整個人就放鬆下來。

又看到雞舍裡的這些雞，恢復往常活蹦亂跳的模樣，這才安心許多，可是整個人彷彿消了氣的氣球般蹲了下來。

紀和奶奶用鐵絲網補好柵欄上的破洞後，手上拿著雞舍的鑰匙走過來，問道：「你還好嗎？」一邊把我拉起來。

「來，進去吧！」

「嘰——嘎——」雞舍的門大開。

我小心翼翼的踏進去時，美人雞忽然湊過來。今天其他的雞也像畫了一個橢圓形般圍過來。

這些雞迅速圍繞在我身邊，這時候美人雞突然在我的

腳踝上啄了一下。

「好、痛……咦？不會痛耶……癢癢的。」

「完全成為一家人了！」

「……一家人？跟這些雞嗎？」

「對啊！一家人唷！只要能夠心意相通，就能成為一家人。」

聽到這番話，心中震了一下。

才想起剛剛我是從家裡飛奔出來的。

不自覺低下頭來，紀和奶奶微彎著腰看著我的臉。

「發生什麼事了嗎？」

看到紀和奶奶溫柔的眼神，緊閉的嘴巴也稍微放輕鬆了一點。

「爸媽完全不懂我的心情。」

我小聲的勉強擠出這句話。

「原來是這樣啊！」

紀和奶奶緩緩的、深深的點了點頭。

我感覺有點鼻酸了起來。

眼睛熱熱的，在眼淚快流出來的時候，我緊緊握著拳。

「小曦，你有試著努力把自己的心情表達出來嗎？」

「努力？」

紀和奶奶對我點點頭後，轉頭看著那些雞。

「每隻雞，透過叫聲、表情或者行動，一直都很努力的表達自己的心情感受喔！」

說完，輕輕的擺了擺手。

「所以，剛剛小曦才能知道這些雞希望你去幫助牠們啊！」

「剛剛不知怎麼的就是知道吔！有黑貓闖入，然後我就拚命追趕……」

「光聽到叫聲就能了解，那已經很足夠了。」

紀和奶奶呵呵笑著。

「沒問題的！小曦你辦得到的！因為你都可以和這群雞變成一家人啊！」

牠們身上柔軟的雞毛碰到我的腳踝，明明離我的腳很近，卻還是若無其事的在我身邊走來走去。

左腳前方，美人雞站在那邊好像很想靠過來的樣子，正睜大圓滾滾的眼睛看著我。

……一家人……嗎？

我微笑看著美人雞。

「不好意思——打擾了！」

從屋子那邊傳來的聲音。

「啊！是爸爸……」

「您好您好！我們在這兒！」

紀和奶奶回應。

「打擾了！」

緊接著是媽媽的聲音。

我不自覺的繃緊身子，美人雞又輕輕啄了一下我的腳踝，似乎在對我說：「加油！」

我頓時全身充滿勇氣。

我跟在紀和奶奶後面，一走出雞舍，爸媽立刻跑了過來。

「小曦！」

媽媽把我抱到懷裡。

環抱著我的臂膀，溼答答的，很悶熱。

可是，我並不討厭這種感覺。

「不好意思讓您麻煩了！我是小曦的爸爸。」

爸爸低頭鞠躬。

「啊！我是小曦的媽媽。」

媽媽也急忙跟著鞠躬。

紀和奶奶優哉的搖搖頭說：

「不會不會！兩位客氣了。小曦天天都來幫忙，大家都很開心看到他來唷！」

爸爸不可置信的眨著眼睛。

「……這樣啊……」

而媽媽的聲音感覺就像是努力擠出來的。

「啪！啪！」紀和奶奶拍了拍手。

「對了對了，正要去採小黃瓜呢！」

大家一起走到庭院時，紀和奶奶拿來了那把歷史悠久的剪刀。

「小曦，來幫我一起採收小黃瓜吧。」

我聽到後，就一起跟著走進田裡。

「這條應該可以採收嘍！」紀和奶奶握著小黃瓜，並且把剪刀放到我手上。

爸媽在田地外面，一直看著我們。

我緩緩打開剪刀的刀刃。

暫時停止呼吸。

喀嚓！

「完成了……」

「小曦已經可以獨當一面了！」

紀和奶奶臉上堆滿笑容，還從隔壁田裡採收了玉米和番茄過來，放在我手上。

「還要再來玩

全家人都一起來

衷心期盼喔」

紀和奶奶一說完，就難為情的搔搔後腦勺。

「我還不成氣候啊！」

是俳句？

「咯咯咯——」微風將雞鳴聲一起帶了過來。

大家都在等我來。

「我一定、鐵定會再來的。」

我用牠們也能聽到的音量，大聲喊著回答。

「小曦，對不起。」

一上車，爸爸就對我說。

「對不起。」

媽媽也跟我道歉。

「我也……非常對不起。」

我一字一字慢慢說出口。

車子靜靜的行駛著。

太陽從西邊天空緩緩落下。

看著風間山已經夜色朦朧，而山的另一邊的天空突然有一道光線劃過，只有那一帶烏雲密布。

烏雲下方的地區一定是雷陣雨吧！

才這麼一想，心頭一驚。

「大家還好吧？」

還記得聽紀和奶奶說過有些雞是很怕打雷的。

「怎麼了嗎？」爸爸回過頭來看我。

「有些雞是很怕打雷的！」

我一直注視著劃過天際的閃電。

爸爸用有點意外的眼神看著我：

「不用擔心，那片雲不會飄來我們這邊的。」

爸爸似乎想讓我感到安心。

今晚爸媽要熬夜準備，我也跟著要睡在朝日便當店。

車子到達便當店後方時，天空的那片烏雲也消失不見了。

「找到小曦啦！」

有人在大喊。

「太好了！有找到就好！」

只看到颯太和他爸爸一起穿過商店街，跑了過來。

「不好意思，剛剛才找到的。就如同颯太說的，小曦在河原町。」

爸媽低著頭道謝。

原來，有問過颯太啊！

「有找到就安心了！」

颯太的爸爸擦了擦額頭上的汗水。

難道颯太和他爸爸也一起幫忙找尋我的下落？

「對不起！」

我鞠躬道歉。

爸媽和颯太的爸爸把鐵門往上拉，一起走進便當店。

可是，颯太卻站在店門口沒進去。

「你……那個……」

然後一副話到嘴邊卻說不出口的樣子。

我忽然聞到菜葉的味道。

啊，是紀和奶奶送給我們的蔬菜，剛剛我還抱在懷裡。

一想到此，全身又湧現出活力來。

「颯太，你這個夏天會盡全力踢足球，而我呢……」

我對著颯太說：

「我打算在紀和奶奶家，不論是照顧田地還是美人雞牠們，我都想再加把勁。」

終於有一陣涼爽舒暢的微風吹來，在我們身邊轉了一圈，又輕輕溜走。

「原來如此。」

颯太笑開懷！

「我們互相加油打氣唷！」

「好！」

我也跟著笑開懷。

9 朝・日

「……咦？這裡是……」

我聽到一陣油鍋滋滋作響的聲音。揉揉眼睛起床後，發現自己在便當店後面的房間。

昨晚，目送颯太他們回家後，我好像就直接在這裡睡著了。

「小曦，早安。」

剛炸好雞塊的媽媽，轉過頭來看我。

「什錦炊飯，剛煮好嘍！」

食物不斷冒著熱氣，瀰漫開來的煙霧另一邊，爸爸的臉忽隱忽現。

望著廚房的窗外，天色依舊是昏暗的。

「爸媽有睡覺嗎？外頭天色還暗暗的吔！」

天色朦朧微亮的清晨時刻。

「嗯！剛剛小睡了片刻。現在，只要把什錦炊飯和炸雞塊裝進便當盒裡，預約的訂單就全數完成嘍！」

爸爸伸了一個大大的懶腰，想把睡意給趕走。

「啊！我也來幫忙。」

穿上店裡的圍裙打好結，在流理臺洗洗臉，冰涼的水讓我整個人都清醒了。

平臺上排列整齊的便當盒，正等著我們放入沙拉和醬菜，再把炸雞塊和什錦炊飯裝進去。

沙拉的旁邊要附上裝著調味料的小瓶子。

這時候，爸爸從後面房間拿出了一條三角巾，很流利的在我頭上繞一圈綁好。

「要不要試試看？」

「咦？我可以嗎？」

我目不轉睛的盯著爸爸拿給我的飯勺。

雖然以前有幫忙過，可是大都是蓋上便當盒蓋子、添上筷子等比較簡單的工作。

卻從來沒有把飯裝進便當盒過。

「不用心急，細心周到的裝飯就好！動作輕輕的，讓每一粒飯都保持完整、晶瑩剔透。」

一開始，爸爸也幫忙一起做。做到一半，就換我一個人負責，手臂傳來陣陣麻痺感。

即使手麻，我還是堅持把飯全都裝好，當我把空空的大飯鍋搬去流理臺的時候，媽媽突然「咦？」了一聲，並且伸手制止。

「大飯鍋很重吔！你一個人搬得了嗎？」

「嗯！還可以！」

跟之前搬過的那顆大西瓜相比，這根本算不了什麼。

媽媽從頭看到腳，口中喃喃自語著：

「小曦身體變健壯了，意志也變堅強了，真的長大好多啊！」

我看了一下自己的手臂，已經晒到黝黑發亮，而且還比以前粗壯許多。

「那是因為我有在紀和奶奶家幫忙的關係啦！」

我感覺有一點害羞，「嘿嘿！」不自覺笑了起來。

嘎鏘嘎鏘嘎鏘……

爸爸把便當店的鐵捲門往上拉，隨著習習涼風傳送過來的是他開心的聲音：

「曉秋、小曦，活力的來源出現嘍！」

活力的來源？好像在哪裡聽過這樣的說法……

我和媽媽一起走向馬路邊。

「快出現了！」

爸爸指著天空。

順著他的手指方向看過去，是商店街通道的另一頭，剛好是跟車站相反方向的住宅區。

家家戶戶的屋頂上，是一片廣闊的天空。金黃色光芒渲染了整片淡藍色的天空。

瞬間，天空彷彿裂開了。

「啊！」

萬道金色光芒乍現，籠罩了整片大地。

「金光閃閃……」

整個城鎮、整條街還有我，也閃閃發亮。

「眼睛為之一亮吧？」

爸爸的笑顏也閃耀著金色光芒。

「果然是朝日啊！」

「是啊！真不愧是朝日啊！」

媽媽和爸爸不約而同的抬頭看著店面招牌看板。

掛在屋簷上的招牌「朝日便當店」也閃閃發光。

「朝日就是活力的來源啊！」

這麼說來……

我想起來了。當初便當店開店前，一開始就決定要取名為「朝日」。我問過為什麼，爸爸告訴我：「朝日就是活力的來源啊！」

「是啊！跟我們家的便當店很吻合吧？」

爸爸看起來得意洋洋的。

「不過，那時候也想過，『太陽』便當店也不錯。可是，『朝日』和『太陽』完全不同。感覺朝日充滿源源不絕的活力啊！」

不曉得是不是耀眼燦爛的太陽閃爍著火紅般的光亮，總覺得好柔和喔。

包覆在暖暖的明亮光芒中，身體也隨之溫暖起來。

這樣的感覺似曾相似，到底是什麼呢？

朝日便當店

我又再次抬頭凝視著朝日。

就在這時候，媽媽說：

「我們家便當店不取名為朝日，還真不行啊！」

「為什麼呢？」

「你還沒發覺吧？」

爸爸指向看板。

「『朝』是爸爸名字朝輝第一個字，『日』是媽媽的名字曉秋第一個字的部首……」

「那……」

我呢？正想開口問的時候，啊！懂了！

「我的名字是『曦』，也是日字旁。」

朝日

全家人的名字都有早晨的陽光呢！

「所以更要取名為朝日啊！」

金色光芒籠罩著我，明亮無比、熠熠生輝。陽光亮晃晃的，我不禁瞇起眼來，一抹淡淡的微笑掛在臉上。

在店裡幫忙到快中午，我把紀和奶奶贈送的蔬菜帶回家去。

劃開房間裡悶熱的空氣，朝廚房走去。當我要把蔬菜拿去冰的時候，站在冰箱前，突然想起來。

「對了！樂奇蛋！」

將蔬菜放在餐桌上，從冷藏庫拿出最大的那顆蛋，那是美人雞生下來的。

我捧在手心上，想拿來製作樂奇蛋玉子燒。

閃耀著金色光芒、柔和而溫暖。

「對！想起來了，就是玉子燒！朝日跟玉子燒都帶給人同樣的溫暖感受啊！」

「慶祝朝日便當店三週年，果真還是玉子燒最合適！」

喀沙——背後碰到什麼的聲音。

一回頭，看到餐桌上的蔬菜鮮豔欲滴。

紅色、黃色、綠色。

好美的配色！

腦海中突然浮現了一個點子。

反正都要慶祝朝日便當店三週年，乾脆把樂奇蛋玉子燒，加上沙拉和白飯，做成一個便當好了！

晚上八點。

爸媽差不多要回到家了！

我把剛煮好的白飯裝進白色便當紙盒裡。

輕輕的、仔細的……

米粒冒出熱騰騰的水蒸氣，鬆軟的交疊在一起。

緊接著，用保鮮膜包住紀和奶奶送的玉米後，放入微波爐加熱，然後取出放在掌心滾動一下，取下玉米粒。另外，再加上切成骰子大小的番茄和小黃瓜，淋上調味料，沙拉完成了！

我試著將沙拉放入便當盒裡。

「配色恰到好處！」

主菜玉子燒需要用到瓦斯爐，要等爸媽回到家之後再製作。

先暫時把便當盒的蓋子蓋起來。

門鈴一響，我直奔玄關。

「歡迎光臨朝日便當店！」

我張開雙手，引導爸媽往客廳移動。

「今天由我來做便當給兩位品嚐。」

「噢！真令人期待啊！」

爸爸開心的微笑著。

「不知道有哪些佳餚呢？」

媽媽也跟著笑呵呵。

我從冷藏庫拿出樂奇蛋。

握著美人雞的蛋，感覺沉甸甸的，不禁回想起剛生下來時，放在手心上所傳達出來的溫暖感受。

「那顆雞蛋，好大啊！」

媽媽也一起盯著雞蛋好一會兒。

「這顆是美人雞生下來的蛋唷！」

我對媽媽說：

「美人雞是紀和奶奶所飼養的雞，體型比其他雞隻嬌小許多，可是卻產出最大的雞蛋喔！

只要我去雞舍打掃，美人雞就會跟在我身邊唷！還有，剛開始我還覺得好害怕喔！

另外，我還發現美人雞有一個習慣動作，就是起步前會「蹦蹦蹦」跳三次。終於，我敢摸美人雞的羽毛了，摸了之後發覺雞毛好柔軟喔……」

我一說起美人雞，嘴巴就停不下來。

「美人雞好像聽得懂我說的話。我誠懇的向美人雞拜託後，真的就在愛心紀念日這天，生了這顆雞蛋給我吔！紀和奶奶說我和美人雞已經成為一家人了！」

我越講越起勁。

爸媽在一旁靜靜聽我講完後，對我說：

「難怪你會一直關心雷陣雨會不會來，是因為你在擔心那些雞啊！」

「小曦到紀和奶奶家幫忙後，從親身體驗的各項事物中學習到好多好多啊！」說完，爸媽靜靜點了點頭。

「不知不覺中，成長好多，表情也變成熟了呢！」

「你看！」爸爸指著窗戶。

房間的電燈投射在窗戶玻璃上，就像一面鏡子映照出我的臉。

雙眼炯炯有神，開心的表情看起來神采飛揚。

好特別的表情……

我靜靜凝視著那張臉。

此時，腦中浮現了紀和奶奶曾經對我說過的話。

有試著努力把自己的心情表達出來嗎？

我小小吸了一口氣。

然後開口輕輕的說：

「爸媽只要一談到便當店的事情，總是看起來好高興喔！所以，我心裡一直很想擁有跟爸媽一樣的表情。」

「啯！啯！」從陽臺傳來河堤邊青蛙的叫聲。

不一會兒，整個房間滿是蛙鳴聲。

「現在，小曦的表情非常棒唷！」

爸爸溫柔的將手搭在我的肩膀上。

「只要想到紀和奶奶和美人雞，就滿心雀躍不已。」

光想像就會不自覺的會心一笑。

媽媽輕輕吸了吸鼻子後微笑了。

「小曦找到心目中覺得重要的事物了呢！」

重要的事物？

內心深處忽然激動了起來。

我打破房間靜悄悄的氣氛，慢慢開始著手製作玉子燒。

先將三顆雞蛋打入大碗裡，放入鹽和砂糖後，均勻攪拌。

開火熱好平底鍋，要倒入蛋液時，口中反覆念著：

「要一氣呵成、一鼓作氣、拿出自信！」

並抬起胸膛，放鬆肩膀。

玉子燒煎至金黃色澤後，分成三等份，放入便當盒中。

「終於要上主菜了！是紀和奶奶送我們的樂奇蛋玉子燒喔！」

我把三個便當盒排好在餐桌上。

爸爸一看就脫口而出：

「看起來好好吃的樣子啊！」

又深有感觸的說：

「是小曦用心照顧的雞所生下來的雞蛋，本來就應該如此美味，是吧？」

「好美的玉子燒啊！便當菜色也搭配得很好！」

媽媽聚精會神的看到入迷。

接著，媽媽轉過頭來跟我道歉：

「美人雞回應小曦的願望而生下來的雞蛋，真的好珍貴啊！昨天真的非常抱歉！」

爸爸也一起跟著低頭道歉。

我感覺鼻頭一陣酸酸的，連忙搖搖頭說：

「吃吃看！真的很美味唷！」

我輕輕按了一下便當盒。

爸媽夾起玉子燒放入嘴裡，細細咀嚼後，緩緩吞下去。

「真好吃呀！」

「是啊！真的好好吃喔！」

他們臉上帶著滿足的笑容。

我也開心滿足的微笑著，把臉靠近便當盒仔細瞧瞧。

「玉子燒閃耀著金黃色光芒，讓人有溫暖幸福的感覺，就跟早晨的陽光一樣呢！」

「沒錯！被早晨溫暖的陽光包圍時的溫暖幸福感受，就和品嚐玉子燒時的感受相同啊！」

爸爸點點頭，坐在隔壁的媽媽笑咪咪的看著便當看到入神。

「這是早晨的陽光也……是我們朝日便當店的便當啊！」

全家人專心注視著眼前的便當盒，金黃玉子燒閃耀著迷人耀眼的光芒。

從窗簾縫隙間，看見窗外依然是淡藍色的天空。即使天還沒亮，我還是躍身起床，快速洗好臉後，直接走到廚房。

「媽媽，早安！」

媽媽咚咚咚切好小黃瓜。

「早安！今天也要加油唷！」

「當然！我想做出更加美味可口的玉子燒！」

我決定反覆練習做玉子燒，為了日後哪一天能再拿到樂奇蛋做好準備。跟爸媽約好下次要用剛生下來的樂奇蛋來作玉子燒。

站在滿臉笑容的媽媽身邊，我也跟著笑起來。

就在此時，窗外陽光照射進來。

「啊！我先去外面看一下。」

我急忙跑到陽臺，放眼望去，金黃色光芒籠罩著大地。河堤道路以及遠方可見的風間山都耀眼閃亮。

「那個區域應該就是紀和奶奶的家吧！」

我目不轉睛看著陽光灑落。

「紀和奶奶起床了嗎？美人雞……也睡醒了嗎？」

最近，美人雞只要一看到我，就會蹦蹦跳跳的靠近我，有時候連其他雞隻也會跟著模仿。

「今天也要去！」

我面帶微笑朝紀和奶奶家的方向望去，緩緩的抬頭看著湛藍天空。

陽光普照下，天空顯得比剛才更加清澈湛藍。

暑假還剩下一半。

「看我的，全力以赴！」
我高高踮起腳尖，伸手抓住湛藍的天……！

◎後記

挑戰任何有趣的事物

宇佐美牧子

大家是否有過讓自己幾乎忘了時間存在，全力以赴去達成的目標呢？舉凡舞蹈、繪畫、烘焙糕點等，擁有讓自己義無反顧去努力某樣事物的人，總是格外閃耀著獨特光芒，整個人都神采飛揚呢！

小時候，我尋覓不到全力以赴的目標。要是當時我能找尋得到這樣的目標，每天一定滿心期待、雀躍不已，日子會過得更精采充實。

長大成人後，尋尋覓覓終於讓我找到全力以赴、甘之如飴的目標了！那就是「寫故事」。

有時候無法輕鬆的書寫出開心的故事，有時候還會氣餒難過到想要放棄，可是過程中總會有新發現、學習到新事物，進而創作出新故事，這時候就會感到特別歡欣鼓舞啊！

主角小曦，一開始還找不到讓自己充滿期待、盡力完成的目標。所以，看著樂在經營便當店的爸媽、勤於練習足球的好友颯太時，不自覺會有一種自己被丟下的心情，因而分外感到不安吧！也許，在自己的周圍，也有懷抱著這般心情的孩子呢！

我想跟這樣的孩子分享一個私藏小祕訣，也許就可以找到全力以赴的目標唷！

那就是：挑戰任何自己感到有趣的事物。

我也嘗試過很多種事物，像田徑接力賽、劍道、網球、籃球，還吹過長笛和簫呢！

從眼前這一刻開始，不斷挑戰下去，一定會遇到「就是這個！」的目標。可以不斷的尋找和嘗試，直到與目標相遇唷！

而我也會孜孜不倦，持續創作下去，直到能將新故事分享給大家。

最後，由衷感謝為這篇故事畫上暖心插畫的藤原宏子老師、一路支持鼓勵我的白楊社編輯、身旁的親友們以及大小讀者們。

譯者序

在行動中落實愛，遇見夢想與幸福！

陳瀅如

靜思深切的文字以及溫馨活潑的插畫，使《紀和奶奶的雞蛋》入選「日本青少年讀書心得選拔賽」的優良讀物選書。不難發現擔任小學教師的作者宇佐美牧子，與孩子們朝夕相處，再加上自身的育兒經驗，她總能溫柔的娓娓道出周圍的大人們、甚至連孩子本身都可能沒有察覺到的內心風景。全文沒有說教的內容，取而代之的是字裡行間以細膩筆觸來描繪聲音、表情、情感等細節，刻劃出每位角色的鮮明獨特的個性，並讓人感受到人與土地的連結。

看到周圍的親人與好友的表情神采奕奕、用盡全身力量去努力的模樣，明明為他們感到開心，為何自己內心深處卻悶悶不樂呢？主角小曦即便是處在開心的情境，臉上卻總帶著一絲絲憂愁，還不自覺的對那些努力的人們發脾氣、鬧彆扭，連自己也不太清楚原因為何。直到小曦與養雞的紀和奶奶以及美人雞相遇後，一切都不一樣了。

為了能一嚐美味無比的樂奇蛋，一開始就讓小曦自己為自己做選擇，並且為自己的決定負責。他答應天天來農場擔任紀和奶奶的小幫手。然而在紀和奶奶的冷淡態度與命令口吻下，儘管小曦百般無奈，但反而不知不覺挑戰了許多從未做過的農活，也鍛鍊了身體、堅強了意志，同時在勞動工作中學會靜下心來感受自己的心情。

每一次嘗試都是一次嶄新的體驗與學習，並且透過親自照料雞隻與農作物，不但品嚐了蔬果的自然甘甜好滋味、與美人雞等全體雞隻們建立了革命情感，也得到了爸媽與紀和奶奶的讚賞。箇中的信任、肯定與情感交流，彷彿帶給人幸福感的樂奇蛋玉子燒，更像是母親溫暖擁抱著我們的朝日的金黃光芒，使得原本陰霾的心情一掃而空，這才發現原來最美的風景就在眼前、就在身旁！隨著故事前進，讓我們跟著小曦，一同鼓起勇氣去看見心情的模樣、挑戰未知的事物。面對產生裂痕的家人情感，努力表達出內心的愛與想法，解決彼此心中的芥蒂，進而和好如初，感情好上加好。

此外，本書還有溫馨小福袋等著大小讀者們攜手去領取，例如農作物小知識；讓小曦與紀和奶奶推心置腹，進而連結情感的日式建築「緣廊」（日文為「緣側」）；日本詩歌「俳句」的體驗創作；作者無私分享找出再辛苦也甘之如飴的理想的小祕訣……。讓我們坐在緣廊上，欣賞庭院美麗的風光，感受微風徐徐吹拂臉龐，品嚐書中那香噴噴的食物，在閃閃發亮的淚水、觸碰心底的感動滋潤下，讓身心靈因理解而得以抒發，自在的活在每個當下，迎接平凡而真確的幸福！

國家圖書館出版品預行編目資料

紀和奶奶的雞蛋 / 宇佐美牧子文；藤原宏子圖；
陳澄如譯. -- 初版. -- 臺北市：幼獅, 2019.07
面；　公分. --(故事館；64)
譯自：キワさんのたまご
ISBN 978-986-449-161-2(平裝)

861.59　　108007857

故事館064

紀和奶奶的雞蛋 キワさんのたまご

作　　者＝宇佐美牧子
繪　　圖＝藤原宏子
譯　　者＝陳澄如
出 版 者＝幼獅文化事業股份有限公司
發 行 人＝李鍾桂
總 經 理＝王華金
總 編 輯＝林碧琪
主　　編＝林泊瑜
編　　輯＝黃淨閔
美術編輯＝李祥銘
總 公 司＝10045臺北市重慶南路1段66-1號3樓
電　　話＝(02)2311-2832
傳　　真＝(02)2311-5368
郵政劃撥＝00033368

印　刷＝崇寶彩藝印刷股份有限公司
定　價＝270元
港　幣＝90元
初　版＝2019.07
書　號＝984222

幼獅樂讀網
http://www.youth.com.tw
e-mail:customer@youth.com.tw
幼獅購物網
http://shopping.youth.com.tw/

行政院新聞局核准登記證局版臺業字第0143號